Ernst Wilhelm Wolf, Gottlieb Ephraim Heermann

Die treuen Köhler

Eine Operette in zwei Aufzügen

Ernst Wilhelm Wolf, Gottlieb Ephraim Heermann

Die treuen Köhler
Eine Operette in zwei Aufzügen

ISBN/EAN: 9783743456174

Hergestellt in Europa, USA, Kanada, Australien, Japan

Cover: Foto ©Andreas Hilbeck / pixelio.de

Manufactured and distributed by brebook publishing software (www.brebook.com)

Ernst Wilhelm Wolf, Gottlieb Ephraim Heermann

Die treuen Köhler

Die treuen Köhler,

eine

Operette

in zween Aufzügen.

Weimar,
bey Carl Ludolf Hoffmann,
1 7 7 7.

Spielende Personen.

George Schmidt, genannt Triller. Ein alter Köhler.

Marie. Dessen älteste Tochter.

Christine. (Tienchen.) Dessen jüngste Tochter.

Else. }
Ursel. } Zwey KöhlerMädchen.

Brix Förster. Ein junger Köhler, Tienchens Liebhaber.

Hans. }
Niclas. } Junge KöhlerPursche.
Balzer. }

Roland. }
Puffer. } Zween Churfürstl. Trabanten.

Bärbchen. Eine junge Köhlerin.

Vier Bergsänger.

Einige Köhler, die nicht reden.

Die Composition ist vom hochfürstl. Weimar. Capellmeister, Ernst Wilhelm Wolf.

Auf dem herzoglichen Hoftheater zu Weimar, von der sonst anwesenden Königl. Grosbritannischen Seilerischen Gesellschaft aufgeführet, den 2ten des Brachmonats.

Sr. Wohlgebohrnen,

Herrn

Daniel Wilhelm Triller,

der Weltweisheit und ArzneyGelahrtheit Doctor,

Churfürstl. Sächs. hochbestalltem Hofrath,

gewidmet

von

dem Verfasser.

Wohlgebohrner Herr Hofrath,

Ich wage vielleicht zu viel, wenn ich das Andenken treuer Köhler, und insonderheit eines wohlverdienten Trillers, dem Ew. Wohlgeb. als Ihrem Stammvater schon längst ein immerwährendes Denkmaal gestiftet haben, durch eine Operette erneuere. Die Rechtschaffenheit dieses Mannes, seine herzhafte Entschliessung, die Treue gegen seinen Landesfürsten, sein gnügsames Herz machen ihn uns in seinem schlechten Köhlerskittel eben so hochachtungswürdig, als in dem glänzenden Anzuge eines Helden. Aber noch zur Zeit verkenne ich ihn unter diesem Character auf der deutschen Bühne, und wie sehr wünschte ich, daß gegenwärtiger Versuch mir nicht ganz mislungen seyn möchte, da ich die Ehre habe, den verewigten Trillerischen

rischen Namen selbst dieser Operette vorsetzen zu können. Ich schmeichle mir wenigstens, daß Ew. Wohlgeb. dieses Zeugnis meiner wahren Hochachtung und Freundschaftsvollen Ergebenheit geneigtest aufnehmen werden, wenn ich auch gleich bey Schilderung Ihres redlichen Stammvaters, die schönen Züge des Urbildes nicht so meisterhaft ausgemahlet haben sollte, als sie uns die Trillerische Muse in dem Prinzenraube vorgezeichnet hat.

So schätzbar mir ausserdem die Ehre Dero vornehmen Bekanntschaft ist, so angenehm mir jener glückliche Zufall, der solche veranlasset hat, jederzeit seyn wird, so aufrichtig sind meine Wünsche, daß die Vorsehung das Ziel Dero Verdienst- und Ruhmvollen Alters, zu Dero vollkommensten Selbstzufriedenheit, zur Zierde Ihrer hohen Schule, und zum Besten der Gelahrtheit überhaupt noch auf lange Jahre hinaus setzen wolle.

———

Vor-

Vorbericht.

Der Prinzenraub, diese merkwürdige Begebenheit in der Geschichte des Chur- und Fürstl. Hauses Sachsen, da Churfürst Friedrichs, des Sanftmüthigen, zween Fürstliche Söhne, Herzog Ernst und Albrecht durch Kunzen von Kaufungen, einen vornehmen von Adel, aus dem Schlosse zu Altenburg arglistiger Weise entführet, beyde Prinzen aber, und zwar der Jüngere, von einem Köhler im Walde wunderbar er-

Vorbericht.

rettet worden, dieß ist eine zu bekannte Sache, als daß es nöthig wäre, etwas mehrers davon zu sagen. Einige wenige Anmerkungen werden zur Erklärung gegenwärtiger Operette zureichend seyn. Der großmüthige Churfürst schenkte dem treuen Köhler zur Belohnung ein kleines Freyguth im Dorfe Eckardtsbach bey Zwickau. Er nahm ihn aber endlich gar zu sich, und versorgte ihn lebenslang an seinem Hoflager zu Altenburg. Der Abzug des Köhlers von seinem Waldhause nach Hofe ist eigentlich der Gegenstand dieser Operette. Ich habe mir die Freyheit genommen, einige er-

dich=

Vorbericht.

dichtete Nebenumstände in das Stück einzuweben. Dahin gehöret ausser der Romanze auch dasjenige, was von der ältesten Tochter Marie, als Hofmädchen, dem Köhlerpurschen Hans, als Trabanten, und der gepußten Fichte gesagt wird. Um die Einheit des Ortes beyzubehalten, hat man des Köhlers Haus in den nämlichen Wald gesetzt, wo er zur Zeit des Prinzenraubes seinen Kohlenkram gehabt hatte. Da auch die Worte, Reisige Knechte, Söldner u. s. w. manchem Zuschauer zu fremde vorkommen möchten, so hat man sich lieber nach dem heutigen Wortgebrauch

Vorbericht.

brauch richten, und sich des Ausdrucks, Soldaten, bedienen wollen. Noch muß ich bemerken, daß die glückliche Genesung der Durchl. Prinzen zu Sachsen Weimar von den Kinderblattern Gelegenheit zu diesem Stück gegeben, worauf sich unter einigen andern Anspielungen auch die Worte beziehen: Wir haben unsre Prinzen wieder.

Erster Aufzug.

Das Theater stellt einen Wald vor. Im Hintergrunde siehet man ein kleines Haus mit einem Schindeldache, weiter vorwärts aber eine kleine Hütte oder Rasenbank, dem Hause gegen über. Auf der andern Seite liegt einiges Zimmerholz, ein unbehauener Kloß u. s. w.

Erster Auftritt.

Triller (kömmt mit seinem Schürbaume (langen Stange) heraus, und singt, indem er das Gesicht gegen das Haus zukehret, die Arie.

1.

Du kleines Haus, wo stille Freude wohnet,
   Mein goldner eigner Heerd,

Den

Den Friedrichs Huld, der Treue gern belohnet,
Großmüthig mir verehrt;
Wie wohl ist mir,
Wie ruhig wohn' ich hier!

2.

Hier drückt kein Fluch, der oft Palläste stürzet,
Das kleine Schindeldach:
Mein schwarzes Brod, das Fleiß und Hunger würzet,
Labt mich am klaren Bach:
Wie wohl ist mir,
Wie ruhig wohn' ich hier!

––––––––

Zweyter Auftritt.

Triller, Marie, Christine. (Sie kommen beyde aus dem Hause, diese mit einem Korbe jene mit einem Rechen in der Hand.)

Triller.

Kinder, setzt euch ein wenig her zu mir in die Laube, ehe ihr weiter gehet. — Ich komme so eben von dem Eisenhammer herauf. Das liebe Wetter hat grossen Schaden im Holze gethan; aber wir hören hier den Sturm nicht so sehr, wie in unserer alten Kohlenhütte.

Ma-

Marie.

Ich glaub' es wohl, Vater: Ihr wißt ja noch, wie es uns dort gar öfters auf den Kopf schneite und regnete.

Christine.

Ey ja doch, wenn so ein spitziger Wind draussen pfif, daß es mich oft im Bette schüttelte.

Triller.

Tienchen, du bist als das Nesthöckchen vor deinem übrigen Geschwister immer ein bischen zärtlich gewesen. Wir hatten damals auch keine Noth — doch so ist es besser. Es ist gar eine hübsche Sache um eine bequeme Wohnung. Kinder, so oft ich die Schwelle meines Hauses betrete, so oft denk ich auch an unsern milden Landesvater, und seegne ihn in der Stille dafür.

Marie.

In der Stadt wohnt es sich aber doch bequemer. Ihr hättet euch ein hübsches Haus in Altenburg ausbitten sollen. Ach, das schöne Altenburg! —

Christine.

Immer die schöne Stadt! die kannst du dir nicht aus den Gedanken bringen. Ich war froh, daß ich einmal wider zum Thor hinaus kam. Das Gewühle von Menschen! — Das Reiten und Fahren! — Nein, ich lobe mir das geruhige Leben auf dem Lande.

Tril-

Die treuen Köhler,

Triller.

Meine Tochter, so denkt dein Vater auch. Wo haben sie in der Stadt so einen schönen Morgen, wie wir auf dem Walde? Ich erquickte mich recht, da ich heute in der Kühle herauf gieng. Das junge Birkenlaub gab gar einen erfrischenden, lieblichen Geruch von sich, und die Sonne, die wie ein Gold hinter dem (*) Fürstenberge hervor kam, schien so schön den grünen Wiesengrund herein, wie an dem Morgen, da wir unsern lieben Prinzen (Albrechten) frey machten, und den bösen Kunzen mit seinen Knechten niederwurfen. Singt mir doch geschwind unser Köhlerliedchen.

Marie.

1.

Ihr guten Sachsen denkt einmal,
Was das für Jammer war,
Als Kunz die lieben Prinzen stahl,
Das theure Brüder Paar;
Doch groß war unsre Freude, groß!
Wir machten unsre Prinzen loß,
Und (**) trillten Kunzen nieder;

Da

(*) Der Ort des Waldes, wo Herzog Albrecht aus Kunzens Händen von den Köhlern errettet worden ist.

(**) warfen.

Da jauchzten wir,
Da sang man hier:

Triller ⎫
Marie ⎬ Wir haben unsre Prinzen wieder.
Christ. ⎭

Christine.

2.

Das Köhlervolk vom Wald und Feld
Stritt für den edlen Herrn,
Keck stand er da, der junge Held,
Schön, wie der Morgenstern.
Des Kunzens Knecht tobt' als ein Bär,
Doch unsre Hand war ihm zu schwer,
Wir trillten ihn bald nieder;
Da jauchzten wir,
Da sang man hier:

Triller ⎫
Marie ⎬ Wir haben unsre Prinzen wieder!
Christ. ⎭

Der gute Prinz wird itzund noch unter seinem vergoldeten Betthimmel sanft schlafen.

Marie.

Er soll gar oft von uns und unserm Walde reden. Der allerliebste Prinz! Ich habe Ihn immer noch vor den Augen, wie ihr Ihn in unsern Kohlenkram hereinführtet. Guter Alter, sagte der Prinz, und drückte euch freundlich die Hand, mein

Vater wirds euch reichlich vergelten. Da flossen euch Thränen die Backen herab, und machten seine zarten Hände schmutzig. Wie ich das sahe, so nahm ich geschwinde mein Schürzchen, und wollte sie abtrocknen. Ist das eure Tochter! fragte der Prinz — Ich bedanke mich, schwarzes Mädchen.

Christine.

Ich wundre mich nur, daß der Herr so gutes Muthes war. Ich wäre halb des Todes, wenn solche garstige Männer vor mein Bette kämen, und mich mit fortschleppen wollten. Und eine ganze Nacht durch zu reiten — für einen so zarten Herrn!

Marie.

Und dabey nichts zu essen, noch zu trinken. — Ach, es hungerte Ihn wohl recht! Aber Er machte keine verdrießliche Mine; Kunz, sagte Er halb im Scherze, hätte vor lauter Eile nicht einmal an sein Frühstück gedacht.

Triller.

Das wichtigste müst ihr nicht vergessen. Zu mir sagte der Prinz, ehe Er noch was zu essen verlangte, wie wirds nur meinem armen Bruder gehen! und dann, wenn es doch meine Frau Mutter schon wüste, daß ich bey euch guten Leuten in Sicherheit bin. (lebhaft) Kinder, das Wort — bey euch guten Leuten — fuhr mir recht ins Herz.

Chri-

Chriſtine.

Er hatte ſo was holdſeliges in ſeinen Augen. Ich möchte wiſſen, ob die Fürſtenkinder alle ſo ausſehen.

Triller.

Ja, meine Tochter, guten Fürſten leuchtet die Hoheit und Gnade recht aus den Augen hervor.

Die Fürſten ſind die Luſt der Erden,
Wenn ſie den Göttern ähnlich werden,
Ihr Herz iſt, wie ihr Angeſicht,
Und wohlthun ihre liebſte Pflicht.
Wie kühler Thau das Land erquicket,
Die Sonn' uns früh' entgegen lacht,
Iſt ihre Huld, die uns entzücket,
Und auch den Aermſten glücklich macht.

Marie.

Der Prinz wird einmal ein guter Herr wer‐ den; meynt ihr's nicht auch Vater?

Triller. (gerührt.)

Ich hoffe es, alle redlichen Sachſen wünſchen es, und wir wollen's vom Himmel erbitten. Ich werde den Tag in meinem Leben nicht vergeſſen.

Chriſtine.

Vater erzehlt uns doch noch was, ich höre gar ſo gern davon reden.

Triller.

Wir brachten Ihn, wie ihr wißt, noch dem nämlichen Abend zu dem Abt nach Grünhayn, dem ehrwürdigen Prälaten, mit den weissen Silberhaaren. Ich muste ihm alles erzählen, weil der Prinz sehr müde war. Aber das gute Herrchen verwannte kein Auge von mir, und spielte manchmal mit meinem Schürbaume, womit ich Kunzen so weidlich getrillet hatte. Wenn er von Eisen wäre, meynte der Prinz, (lebhaft) so wollte Er sich brav damit wehren, und uns alle beschützen.

Christine.

Ach, wie gut, wie gut!

Triller.

Da nahm der fromme Abt das Wort, und führte gar viele nachdrückliche Reden, wie glücklich ein Fürst wäre, der sich auf die Treue seiner Unterthanen verlassen könnte, und wie die verachtesten im Volke oft die getreuesten wären. Prinz, sagte er, indem er Ihn bey der Hand nahm —

Ein Wort an dich, du Fürstensohn!
Besteigst du einst des Vaters Thron,
So schütz' die Redlichen im Lande.
Du bist ihr Vater, liebe sie,
Nur höre, hör' die Schmeichler nie,
Der Höfe Pest, der Fürsten Schande.

Die Wahrheit stütze deinen Thron;
Dieß merke dir, du Fürstensohn!

Das will ich auch thun, antwortete der Prinz. Ich gebe euch meine Hand drauf. Er hat es auch hernach vor dem Altare geschworen. Ein Fürst vom Hause Sachsen, sollte der sein Wort nicht halten? (nach einer kleinen Pause lebhaft) Er wird's gewiß halten!

Dritter Auftritt.

Die Vorigen. Brix. (kömmt hinten heraus mit einem Beile, und einem Vogelbauer, den er unter seinem Kittel verbirgt.)

Christine. (sieht ihn zuerst.)
Da kömmt Brix! er sieht so munter, so vergnügt aus.

Marie. (scherzend.)
Weil er dich sieht.

Triller.
Ist das wahr? Tienchen, Tienchen!

Christine.
Schwester, du must mich auch immer ausspotten.

Triller.
Nu, wenn er vergnügt aussieht, so ist es ein Zeichen, daß ihm seine Arbeit gut von statten gegangen ist.

Brix

Brix. (nähert sich.)

Guten Morgen, Meister. Ich bin heute schon fleißig gewesen. (zu den Mädchen.) Ich habe auch den Morgen schon ein grosses Glück gehabt. Ach, es ist mir so lieb, als hätte man mir eine Stadt geschenket.

Triller.

Brix, ist die Kreutzbuche gefället?

Brix.

Ja Meister, ich habe nach Vermögen geholfen. Das Herz zum neuen Meuler ist auch schon geschlichtet.

Marie.

Sage mir doch nur Brix, was ist es denn? du hast gewiß einen Topf mit Golde in einem hohlen Baume gefunden, das eine Stadt werth ist.

Brix.

Sieh doch, wie neugierig! Ich werde es dir aber just nicht sagen. — Tienchen, dir will ich's sagen (spottweise heimlich zur Marie.) Ein grosser, grosser Topf mit Golde.

Marie.

Seht ihr's Vater! meiner Schwester kann er es wohl sagen.

Triller.

Du bist aber auch ein bischen ein vorwitziges Mädchen.

Ma=

Marie.

Ich mags eben nicht wissen, aber weil er so groß thut.

Brix.

Tienchen, da bringe ich dir einen ganz neuen Vogelbauer, ich habe ihn noch gestern Abend fertig gemacht.

Christine.

Ach, ich habe Bauers genug. Wenn du mir lieber einen hübschen Vogel brächtest.

Brix.

Ich habe eben heute mit dem frühesten einen gefangen.

Christine.

Etwan einen Finken.

Brix.

Freylich, den Finken mit dem schönen Reiterschlage, den du so gern haben wolltest.

Marie (spottweise.)

Da haben wir es, das ist der Topf mit dem Golde.

Triller.

Der ist nun wohl keine Stadt werth. Aber wie Brix nun ist, aus einer Kleinigkeit kann er sich einen grossen Spaß machen. Kinder, geht nunmehr an eure Arbeit. Ich will den neuen Schlag besehen.

sehen. Brix, du kannst indessen hier den Kienbaum ein bischen behauen. (geht ab.)

Brix.

Gut, Meister.

Christine.

Aber meinen Finken? wenn krieg ich ihn denn? Wie hast du ihn denn so bald gefangen?

Brix.

Ja, wenn ich dich nicht so lieb hätte.

Marie (spottend.)

Du hast meine Schwester wohl recht lieb, wenn der Vogel eine Stadt werth ist.

Brix.

So lieb habe ich sie auch, und noch weit lieber. — Sieh einmal, wie ich mir die Hände beschunden habe, da ich durch das Dickicht kroch.

1.

Es saß der kleine Gast,
Und sang auf seinem Ast;
Rück her! rück her! Fink, Fink!
Halt! dacht' ich, kleines Ding,
Du sollst nunmehr bald mein,
Bald meinem Tienchen seyn.

Geschwinde nahm ich das Leimrüthchen, und band meinem Vogel das Gäbelchen auf dem Rücken fest.

Und

2.

Und wie nun meiner rief,
Und rück her, rück her! pfiff,
Sah' ihn der Fremde kaum,
Husch! war er von dem Baum!
Da hieng das kleine Thier,
Und flatterte vor mir.

Es ist euch ein rechter Spaß mit dem Finken-Stechen. Wenn ich wieder auf den Fang ausgehe, Marie, da will ich dich mitnehmen.

Marie.

O, ich bin so neugierig nicht.

Brix. (zu Christinen.)

Ich muß aber auch ein Schmätzchen für meine Mühe haben.

Christine.

Bringe du mir nur den schönen Finken.

Marie.

Nu ja, das wäre hübsch! Brix, wenn du das thust, und du leidest es, Schwester —

Brix.

So gebe ich dir auch eines.

Christine. (man hört in der Entfernung singen.)

Stille! Stille! — Was ist das? (Sie läuft und sieht sich um) da ziehen Soldaten die Heerstraße herauf. (sie geht noch einmal hin, und kömmt erschrocken wieder) ja, meiner Treu, es kommen ihrer zween den Fußsteig herauf. Schwester, wir wollen den Vater aufsuchen. (zu Brix) Sie werden dir doch nichts zu Leide thun!

Brix.

Geht nur, ihr Mädchen. (tritt anfangs hinter einen Baum und fängt daraufan zu arbeiten. Marie und Christine geht ab. Diese kömmt zuweilen heraus und sieht von fern zu.)

Vierter Auftritt.

Brix, Roland, Puffer (der singend heraus kommt.)

Puffer.

Ein braver Soldate
Hat Ehre zum Lohn,
Wir dienen dem Staate,
Und schützen den Thron.
Wir Leben, wir sorgen
Von heute biß morgen,
Und haben wir Brod,
So heißet die Loosung: auf Leben und Tod!
   Trarra, trarra!

Holla! heh da! (klopft an das Haus) — dort seh' ich jemanden. (zu Brixen) Holla! habt ihr
keine

keine Ohren, wenn man ruft? Wohnt hier der Köhler George Schmidt, oder wie er heißt? —

Roland.

Triller.

Brix.

Das ist mein Meister.

Puffer. (immer etwas trotzig.)

So laß' ihn herkommen!

Brix.

Er ist ins Holz gegangen.

Puffer.

Nu, so suche ihn auf! heh, wirds bald, Kerl! Du hast noch nicht gelernet, wie du den Soldaten aufwarten sollst. Tummle dich! oder ich will dir Beine machen.

Brix.

Herr, der Reden bin ich nicht gewohnt. (arbeitet fort.)

Roland.

Kamerad, fahr doch die Leute nicht gleich so an. (zu Brixen) Guter Freund, siehe zu, wie du deinen Meister aufsuchst. Unser Hauptmann wird uns gleich nachkommen, er hat was nothwendiges mit ihm zu reden.

Brix.

Das ist ein Wort! Er ist doch ein bescheidner Herr. Mit einem freundlichen Worte können sie

alles

alles haben, was sie verlangen. Gedulde er sich nur ein wenig. Mein Meister wird bald wieder hier seyn. Da komm er, setze er sich hierher. (er macht Rolanden einen Sitz auf dem Zimmerholze zurechte.)

Roland. (heimlich zu Puffern.)

Kamerade, laß dir nichts merken, daß der Meister in die Stadt ziehen soll.

Puffer.

Ob das etwan der Pursch ist, den wir abhohlen sollen?

Roland.

Ich weiß es nicht. (zu Brix.) du hast da wohl eine sauere Arbeit.

Brix.

Je nu, Herr, Lust und Lieb zu einem Dinge macht alles leicht. Das ist nur so ein Spielwerk, ein kleiner Zeitvertreib. Aber freylich, wenn wir Meuler setzen, und beym Holzverkohlen ganze Nächte durch wachen müssen, das macht unser einen ein bischen mürbe

Puffer.

Ich müste ein rechter Bärenheuter seyn, wenn ich so ein elendes Leben führen sollte. Pfuy! wie riecht es allenthalben bey euch nach Rauch und Kohlen!

Brix.

Brix.

O, rede er nur nicht so verächtlich von unserer Handthierung. Wir sind ehrliche Leute, so unentbehrlich wie ihr Herrn.

1.

Kohlen, Kohlen, braucht man doch!
Der Arzt, der Handwerksmann,
Apotheker, Schmidt und Koch
Schreyt uns um Kohlen an.
Bey Kohlen macht der Weise Gold,
Und wenn ihr Herrn euch wärmen wollt;
So ruft ihr: bringt Kohlen, bringt Kohlen!

2.

Beißt der Rauch die Augen wund,
Und schwärzt uns Pech und Harz,
Sind wir doch dabey gesund,
Und werden gerne schwarz.
Wir freun uns, wenn der (*) Meuler glüht.
Und wenn man dann zu Markte zieht;
So ruft man: kauft Kohlen, kauft Kohlen!

Ich habe es wohl eher gesehen, wenn ich Kohlen in die Küche nach Hofe fahren mußte, und die Fürstlichen Kinder uns abladen sahen, daß sie ihre Hüthgen abnahmen, und uns freundlich dankten. Ja, Herr, und das waren Prinzen!

Puf-

(*) Meuler, ein Haufen Holz zum Kohlenbrennen.

Puffer. (spielt mit seinem Degen.)

Trarra, trarra!

Roland. (zieht eine Flasche heraus.)

Du trinkst doch auch einen Schnapps?

Brix.

Der kömmt gar selten für mein Maul. Will er aber so gut seyn — ich kan ihm wohl einmahl Bescheid thun.

Roland.

Hast du kein Brod bey dir?

Brix.

Es wird ihm nicht schmecken. (macht seinen Kober auf.) Kommen sie denn etwan von Zwickau?

Roland.

Nein, wir kommen von Altenburg.

Brix. (lebhaft.)

Von Altenburg? Nu, was machen unsre lieben Prinzen? Ich möchte das jüngste Herrchen schon wieder einmal sehen. Sie wissen doch, daß wir Ihn hier allernächst im Walde aus Kunzens Händen loß gemacht haben? Ich war auch mit dabey. Ey, ey, ihr Herren hattet es damals sündlich verschlafen! (giebt ihm von seinem Brodte.)

Roland.

Das ist doch liebes schwarzes Brod.

Puf=

Puffer. (mit Verachtung.)

Brod für die Hunde! Mein Wirth sollte mir solches Brod auftragen. Der Henker hohle! ich macht es wie mit dem Müller, bey dem ich in Böhmen im Quartiere lag. Der Schurke setzte mir einmal magres Fleisch vor. Aber, — Tisch, Suppennapp und den Müller die Treppe hinunter werfen, war eines.

Roland. (zu Puffern.)

Das macht dir nun eben keine Ehre. Mein Hauptmann aß manchmal schimmlicht Brod aus meinem Tornister, und nahm mit schlechter Kost bey armen Bauern vorlieb.

Brix.

Was will er sagen, hat doch der Prinz selbst sich mit unserm schwarzen Brodte gelabt. (zu Puffern) War er etwan damals auch auf der Wache, wie sie die Prinzen stehlen liessen. Ich gäb ihm, mein Seel, nicht von unserm Brodte.

Puffer.

Trarra, trarra!

Brix.

Das war recht sündlich verschlafen, oder vertrunken!

Roland.

Das war unsre Schuld nicht. Der alte Trabant

bant Asmus (*) war ein schwacher Mann, der nicht viel vertragen konnte.

Puffer.

Aber die Herrn Hofleute waren von süssem Weine so benebelt, daß mancher die Sturmglocke nicht hörte, ob ihm gleich der Thurm auf der Nase saß.

Brix.

Vier und zwanzig Stunden wollte ich, wie ein Krannich, auf einem Beine stehen, wenn ich die Wache auf dem Schlosse hätte. (er nimmt seine Axt auf die Schulder, wie ein Soldat.)

Roland.

Das ist brav! Du würdest ein guter Soldate seyn. Wir mögen solche Leute gern haben.

Puffer. (zu Brixen.)

Recht so! Bruder (heimlich zu Roland, indem er sich an Brixens Schultern gemessen hat,) Er hat die rechte Länge. (zu Brixen) So ein Rock würde dir besser stehen, als deine rußige Harzkappe, und als Soldat hast du deine Ficken immer voll Geld.

Brix.

Deswegen werde ich nun wohl kein Soldat. Ich habe so viel, als ich zur Nothdurft brauche, da habe ich genung.

1. Viel

(*) Diesen Umstand findet man in der Geschichte.

eine Operette.

1.

Viel oder wenig, gilt mir gleich,
Wer sparsam lebt, ist immer reich,
Bin ich an schönen Kleidern arm,
So hält mich doch mein Schafpelz warm,
Ich lobe mir den Kittel.

2.

Der Kittel, den der Meister trug,
Als er den bösen Kunzen schlug,
Prangt noch zu unsers Trillers Ruhm
Zu (*) Ebersdorf im Heiligthum,
Da hängt des Köhlers Kittel!

Puffer.

Hänge du deinen auch hin. Nur herunter mit dem Rocke! (Faßt ihn bey dem Kittel an.)

Brix.

Was soll das heissen? lasse er mich in Ruhe. (Christine sieht von ferne zu.)

Puffer. (zu Roland, der etwas auf die Seite geht, mit verstelltem Ernste.)

Kamerade, hast du's nicht gehört, hat er nicht gesagt, daß er Soldat werden will?

Brix.

(*) Ebersdorf, ein Dorf im Erzgebirge, ohnweit Chemnitz, wo die Kleider der Prinzen, und des Köhlers Kittel in der Kirche zum Andenken aufgehangen worden, und wo sie noch zu sehen sind.

Brix.

Das habe ich nicht gesagt. Er braucht meine Worte nicht zu verdrehen. Will mein gnädiger Herr Churfürst mich dazu haben, so werde ich ihm dienen — gern und freywillig —

Puffer. (will ihm seinen Huth aufsetzen.) Nur kein Gesperre weiter!

Brix.

Bleibe er mir mit den Possen vom Leibe — (Christine springt heraus, ein Köhler giebt das gewöhnliche Zeichen den Wäldnern, indem er mit einem Messer auf sein Beil schlägt.)

Sechster Auftritt.

Die Vorigen. Christine, Triller, Else, Ursel, Hans. Einige Köhler, die nicht reden.

Christine.

Hülfe! Hülfe! Gewalt!

Triller.

Was giebt's? — (zu Roland) was habt ihr mit meinem Purschen vor. (die Köhler drohen mit ihren Stangen, Brix läuft dazwischen.)

Brix.

Thut dem Herrn (er weist auf Rolanden) nichts. Der da (zeigt auf Puffern) ist der wilde Mensch.

Puf=

eine Operette.

Puffer. (trotzig.)

Wir thun, was wir Soldaten Fug und Macht haben zu thun. Der Pursch ist unser er hat sich angegeben.

Brix.

Kann er das sagen als ein ehrlicher Mann? Heh!

Puffer.

Und kannst du's läugnen? hast du nicht auf die Soldaten geschimpft? — Mein Kamerade hat's gehöret.

Brix.

Ja, den will ich fragen; (zu Rolanden) Sage er einmal —

Roland. (der sich darzwischen legt.)

(zu Puffern) Fange doch keine Händel an, (zu Trillern) Meister, hört mich an, ich will euch die ganze Sache erzählen (er sagt ihm einige Worte heimlich ins Ohr.)

Triller. (drückt ihm die Hand.)

Nun, wenn es so ist —

Roland. (sieht den Hauptmann herauskommen, und winkt mit der Hand.)

Stille, stille!

Siebender Auftritt.

Die Vorigen. Der Trabanten Hauptmann.

Triller.

Je, willkommen, willkommen, gnädiger Herr! — wie sehn wir Sie hier?

Der Hauptmann.

Viel Glücks, Meister, (ernsthaft zu den Trabanten.) Pursche, was habt ihr mit den Leuten für Streit ich habe den Lärmen wohl gehört.

Triller. (nimmt das Wort.)

Nichts, gnädiger Herr, nichts. Es war nur ein kleiner Misverstand.

Der Hauptmann. (zu Puffern.)

Puffer, du bist ein unruhiger Kopf, wenn ich wissen sollte —

Triller.

Gnädiger Herr, es war nur ein Misverstand. Es ist schon wieder Friede. Aber wie komme ich zu der grossen Ehre, Sie bey mir zu sehen?

Der Hauptmann.

Lieber Alter, ich werde diesen Mittag bey euch essen.

Triller.

Aber, gnädiger Herr, unsre schlechte Köhlerskost — für so einen vornehmen Gast —

Der

Der Hauptmann.

Erschreckt nur nicht, Meister. Ich bringe mein Essen mit. Ihr sollt mein Gast seyn. Ich muß aber vorher noch eine Stunde weiter reiten. Meine Leute halten mit den Pferden unten im Grunde. Kommt doch ein wenig mit mir bey Seite, ich habe euch was zu sagen, das keinen Aufschub leidet.

Triller.

Gnädiger Herr, mein Haus ist allernächst hier. (Im Hingehen) Sehen Sie einmal, was mir der liebe Churfürst für einen Pallast hat herbauen lassen!

Triller. (zu Christinen geschäftig.)

Tienchen, trage doch den Gästen ein Frühstück auf, frische Butter, Käse, was da ist —

Der Hauptmann.

Alter, macht euch keine Ungelegenheit. Wir halten uns itzund nicht auf. (geht mit Trillern ins Haus.)

Brix.

Ihr Herrn, setzt euch der Weile bey uns nieder. Den Mittag wird schon etwas zu essen für Sie seyn. (zu Puffern) Wenn er fromm ist, so soll er auch weiß Brod kriegen. (Sie setzen sich alle. Christine zwischen Rolanden und Brixen. Die an-

dern

dern Köhler nehmen Else und Urseln in die Mitte, und lassen Puffern allein stehen.)

Puffer.

Solche hübsche Mädel hätte ich, mein Seel! nicht hinter den Bergen gesucht — Gebt mir doch auch eine — die kleine Dicke mit den schwarzen Augen!

Brix.

Seht doch, wie zahm er auf einmal wird, da er unsre Mädel sieht.

Hans.

Die Soldaten machen's nicht anders.

Brix.

Else, so setze dich nur neben ihn. (sie setzt sich nach einiger Weigerung.)

Puffer.

Das ist brav. (will sie umarmen.)

Else.

Nu, sitze er ruhig!

Puffer.

Wir sind nur grimmige Leute, wenn wir dem Feinde so nahe sind, daß wir ihm das Weiße im Auge sehen.

1.

Wenn die bunten Fahnen fliegen,
Und der hohle Wirbel rauscht;
O, dann seh' ich mit Vergnügen
Wie der Feind im Anschlag lauscht;

Pif, paf, puf! auf Hieb und Stoß
Geh ich muthig auf ihn los;
Kein Tigerthier
Tobt so, wie wir.

2.

Aber, wenn ich in der Nähe,
Loses Mädchen, wie bey dir,
Weiß im schwarzen Auge sehe,
O, da klopft, da pocht es hier!
Tick, tack, tock! schlägt mir das Herz,
Schlägt und hüpft vor lauter Scherz;
Da bin ich zahm,
Fromm, wie ein (Wolf, die Köhler lachen)
— — — ein Lamm, Lamm, Lamm.

Hans.

Das mag wohl wahr seyn. Ich denke immer, er würde der Wolf unter unsern Mäteln seyn.

Puffer. (zur Else.)

Nein, mein schöner Schatz, ich habe dich recht lieb.

Else. (immer scherzhaft.)

Er hat mich recht lieb, und sieht mich heute zum ersten mal.

Puffer.

O, ein Soldatenherz fängt gleich Feuer, und da brennt es lichter Loh. Fragt einmal meinen Kameraden. (zu Rolanden.) Kamerade — Kamerade — er hört nicht — es ist ein alter schlauer Fuchs,

seht

seht nur, wie verliebt er thut — (zu Brixen.) Landsmann nimm dich für deinen Nachbar in Acht!

Brix.

O, den Herrn traue ich alles gute zu, aber ihm nicht.

Roland. (zu Puffern.)

Hast du dein Lob gehöret?

Puffer.

Es wird so böse nicht gemeinet seyn. Aber Kamerade, muſt du es nicht selbst sagen: wie wir in Böhmen einrückten — der Henker hohle! das war ein Gereiſſe um die Sächsischen Soldaten. Es giebt da bildschöne Mädel, mit rothen, frischen Backen, — wie du. Meilweges kamen sie uns entgegen, und wie die Lämmer liefen sie uns nach.

Else.

O thue er nur nicht so groß. Seinethalben thue ich keinen Schritt.

Hans.

Die Herrn Officiers werden wohl ein bischen abgewehret haben.

Puffer.

Abwehren? ja, du verstehst es recht. Die Herren haben auch gern was hübsches. Mancher hatte ihrer zwo, drey und noch mehr.

Else.

Je, warum nicht lieber Dutzendweise. (sie lachen alle.)

Puf-

Puffer.

Topp, mein Schatz, schlag ein! — Ich gebe dir meine Hand. Morgendes Tages hohle ich mir einen Traubrief von meinen Hauptmann, und übermorgen bist du meine Frau.

Else. (spottweise.)

Ich soll gewiß das Dutzend voll machen? so treuherzig sind wir nun eben nicht. Geh er nur wieder zu seinen Böhmischen Mädeln.

Puffer.

Wir werden uns vortreflich zusammen schicken. Du bist ein rasches muntres Ding, und ich — das sollst du sehn — Aber Kamerade, ist's nicht Schade, daß solche schöne Kinder in der Wildniß verderben sollen? (zu den Mädchen) Wir nehmen euch alle mit in die Stadt.

Hans.

Ey, ihr Herrn, wir wollen auch gern was hübsches für uns behalten.

Puffer.

Trarra, trarra! seht ihr zu, wo ihr andre Mädel herkrieg. (zur Else) Schatz, ich habe dich recht lieb. (er rückt näher.)

Else.

Nu, sey er ruhig! — der Schatz ist noch nicht sein.

Puffer.
Mädchen, laßt euch doch erbitten,
Kommt, verlaßt den düstern Hayn,
Wo um die bemooßten Hütten
Drachen ziehn, und Eulen schreyn:
Wo verbannte Geister laufen,
Hunde belln, und Rosse schnaufen,
Wo der wilde Jäger schwärmt,
Hußa ruft, und hez! hez! lärmt;
Wo tief im Gebürge der Wirbelwind sauft,
Und Donner und Hagel weit schrecklicher brauft.

Else.
Nein, was er für eine Beschreibung von unserm Walde macht! denkt er denn gar, daß wir auf dem Hexenberge wohnen?

Puffer.
So richtig ist es, mein Seel! nicht bey euch. Ist's nicht wahr, Kamerade? wie wir die Nacht hermarschirten, und über dem letzten Dorfe die Hohle herauf giengen, da haben wir eine Menge feuriger Männer gesehen.

Roland.
Wann es nicht Irrlichter, oder Irrwische waren.

Brix.
Linker Hand gewiß? — Ich will es dem Herrn sagen: Sie sind bey unsern Eisenhammer vorbey gekommen. Es ist der hohe Ofen da.

Puf-

Puffer.

Ey, ich sehe wohl, ich weiß, was ich gesehen habe. Feurige Männer, wie wir in Böhmen dergleichen feurige Reiter gesehn haben, mit flammenden Schwerdtern: husch! waren sie weg, aber wie der Blitz kamen sie wieder, und fuhren auf einander los, daß die Funken herum stoben.

Else. (lachend.)

Feurige Männer! ha, ha! die Soldaten glauben ja sonst nichts.

Puffer.

Ich fürchte mich vor keinem Gespenste. Ich will mich mit dem Hexengeschmeisse herum hauen, als ein braver Kerl. Aber was hilft es? wenn man auch eines mitten von einander hauet; sie wachsen gleich wieder zusammen.

Else.

Hat ihn etwann ein Geist schon einmal bey seinem Knebelbarte gezauset?

Puffer.

Du bist ein leichtfertiges Mädel. Ich will nicht gesund da stehen, wenn es nicht wahr ist. Fragt einmal meinen Kameraden. Wie wir in Böhmen in Quartier lagen, ich weiß das Wetter-Städtchen nicht mehr — es hat so einen verwünschten Böhmischen Namen — Wrza, Wrazla, wiz, witsch — es mag heißen, wie es will, — da war

eine

eine alte wüste Pastey, noch von der Hußiten Zeit her, da hätte es euch keine Schildwacht gelitten, wir mochten fluchen oder beten.

Else. (lacht.)

Beten? ha, ha! ja, wenn die Soldaten beten, da werden die Gespenster bald davon laufen.

Hans.

Ich habe so manche liebe Nacht bey den Meulern gewacht, und habe mein Lebetage in unserm Walde nichts gehöret noch gesehen.

Else.

Ja, Hans, es spuckt gern, wo Soldaten sind. Wißt ihr nicht, was es vor etlichen Jahren zu Elterlein für ein Wesen hatte. Stille! wir müssen es ihm doch erzählen. (zu Puffern.) Höre er nur zu —

Romanze.

1.

Es lagen einst in Elterlein
Soldaten im Quartiere,
Gleich fanden sich Gespenster ein,
Beym Mädchen, und beym Biere.
Kein Bürgersweib blieb ungeneckt,
Doch endlich ward der Geist entdeckt:
Das war ein Herr Soldat!

Ursel.

2.

In Kellern zog's die Zapfen aus,
und mauste Brod und Semmeln,

Oft poltert's durch das ganze Haus
Mit Bänken, Tisch und Schemeln.
Einst warf es nach des Badersfrau,
Und kneipte sie ganz braun und blau:
Else. Das war ein Herr Soldat!

Brix.

3.

Dem Fuhrmann an dem Böhmschen Thor,
Er nannte sich Hans Hippe,
Stahl oft ein Mönch, schwarz, wie ein Mohr,
Den Hafer aus der Krippe.
Der Reuters Hüner wurden feist;
Warum? Den Hafer stahl ein Geist:
Else. Das war ein Herr Soldat!

Puffer. (herzt die Else.)
Das war ein Herr Soldat!

Else.

Pfuy! schäme er sich doch! Ein Gespenst wird
so einen stachlichten Bart haben.

Puffer.

Die kleine Blauäugigte hat mir auch in die
Haare gewollt. Warte — (er will Ursel küssen,
sie zieht den Kopf zurück, Puffer umarmt einen
Köhler, und stolpert; sie lachen alle, der Hauptmann kömmt mit Trillern aus dem Hause.)

Achter-

Die treuen Köhler,

Achter Auftritt.

Die Vorigen. Der Hauptmann, Triller.

Der Hauptmann.

Unsere Leute machen sich lustig (zu Puffern.) Du hast wohl wieder lose Händel angefangen.

Puffer.

Nein, gnädiger Herr —. aber es wäre hier was hübsches anzuwerben. Ich möchte Ihre Compagnie gern übervollzählig machen.

Der Hauptmann.

Ja doch, ich kenne deine Recrutirungen. (zu den Mädchen.) Ihr Mädchen, ich muß euch einen von meinen Leuten hier lassen.

Else.

Nehmen Sie den (sie zeigt auf Puffern.) nur immer mit!

Der Hauptmann. (sieht Hansen.)

Je, lieber Hans, bist du da! ich habe mich lange nach dir schon umgesehen.

Hans.

Gnädiger Herr, erinnern Sie sich meiner noch?

Der Hauptmann.

Einen so braven Purschen werde ich doch nicht vergessen. Prinz Albrecht hat vor einigen Tagen noch von dir gesprochen. Er möchte seinen braven, handfesten Hans, wie er sagte, einmal wiedersehen.

Brix.

Brix. (zu Puffern.)

Sieht er wohl, daß wir Köhler so schlechte Leute nicht sind. Der Prinz hat meiner gedacht.

Roland.

Gnädiger Herr, Sie werden mich wohl mit nehmen müssen, Puffer weiß an dem Orte keinen rechten Bescheid.

Der Hauptmann.

So kann er nur da bleiben. (zu Puffern.) Daß ich keine Klage höre!

Triller. (zum Hauptmann.)

Wenn Sie vielleicht lieber zu Fuß bis zur Mühle gehen wollten. Der Fahrweg ist zu steinigt, und zu holpericht, zum reiten. Es ist gar nicht weit dahin, ein lustiger Spaziergang durchs Holz.

Der Hauptmann.

Gut, lieber Meister. Gebt mir nur Hansen mit. (zu Puffern.) Meine Leute sollen unten bey der Mühle auf mich warten.

Puffer. (zur Else.)

Mein Schatz, ich komme bald wieder. (geht ab.)

Triller.

Hans, führe den gnädigen Herrn den neuen Fußsteg die Wiesenleite hinunter.

Der Hauptmann.

Auf den Mittag sehen wir uns wieder. (geht mit Rolanden und Hansen ab.)

Triller.

Triller.

Ihr Leute geht nun wieder an eure Arbeit. (zu Brixen, der arbeiten will.) Laſſe du itzund das liegen, und ſieh zu, wie weit Hans mit ſeiner Arbeit gekommen iſt. Daß du nur um Mittag zu rechter Zeit wieder hier biſt.

Neunter Auftritt.

Triller, Chriſtine.

Chriſtine. (von ſich.)

Der Vater ſieht ſo ernſthaft aus — (zum Vater.) Der fremde Herr hat wohl keine gute Bothſchaft mitgebracht?

Triller. (ganz in Gedanken.)

Ihr Kinder macht mir viel Sorge —

Chriſtine. (etwas erſchrocken bey Seite.)

Wir ſind gewiß zu laut geweſen. (nach einer Pauſe.) Je, Vater, Elſe hatte ihre Schäckereyen mit den Soldaten. Puffer iſt ſo ein närriſcher Man.

Triller.

Ich weiß wohl, ich weiß wohl. Elſe hat ein bischen ein loſes Maul. Geh Tienchen, mache das Haus zu, und komm wieder her. (ſie geht hin und ſchließt zu.) Das arme Kind! Wie wird ſie über die Bothſchaft erſchrecken! — Ich ſoll von meinem

eine Operette.

nem lieben Walde wegziehen, — meine alten Tage bey Hofe zubringen, und Sie hier allein laffen. — Ich muß es ihr sagen — aber gewiß mit schwerem Herzen. Doch sie liebt Brixen, Brix liebt sie. Ich kann beyde durch eine Heyrath glücklich machen, und ich will sie noch heute —

Christine. (kömmt zurück, und weist dem Vater etwas von Brixens Arbeit.)

Brix ist doch recht geschickt zu allen. Seht einmal, Vater, er hat sich eine Schnitzbanck gemacht.

Triller. (wieder etwas freundlicher.)

Du bist ihm wohl recht gut.

Christine. (offenherzig.)

Je, Vater, wir sind ihm ja alle gut. Brix ist so willig zu allen, so fleißig.

Triller.

Das ist er allezeit gewesen, schon als Junge.

Christine.

Man sieht ihn keinen Augenblick müssig gehen.

1.

Ja, Förster ist ein guter Mann,
Stets nüchtern, niemals träge,
Kaum fängt der Tag zu grauen an,
So hohlt er Bock und Säge.
Da klinget sein Beil,
Da treibt er den Keil,
Da schallt es im Busch und Gehäge.

2.

Er hält nie faule Mittagsruh,
Wie andre Tagediebe;
Bald flicht er Hoz zum Meiler zu,
Bald flicht er Körb' und Siebe.
Und wenn er dann sitzt,
Und zimmert und schnitzt,
So singt er vom Glücke der Liebe.

Triller.
Vom Glücke der Liebe? — Das Liedchen singt er wohl dir zu Gefallen? (sieht sie scharf an.)

Christine. (etwas unruhig.)
Was meynt ihr, Vater?

Triller.
Er muß dich doch recht lieb haben, weil er dich immer beschenkt.

Christine.
Brix ist ein gutherziger Mensch. Er macht sich eine Freude daraus, wenn er in die Stadt geht, und uns was mitbringen kann.

Triller.
Er giebt dir aber immer mehr, als deiner Schwester.

Christine. (unruhiger, nach einer kleinen Pause.)
Vater, wenn ihr es nicht gern sehet — —

Triller

Triller. (wieder freundlich.)

Ich habe nichts dawider — Es ist ja vor meinen Augen geschehen. Aber Tienchen, du bist heran gewachsen, ihr seyd oft allein zusammen, und du weist wohl, wenn junge Leute vertraulich mit einander umgehen, was schlimme Nachbarn davon denken und reden; manchmahl auch dazusetzen.

Christine. (traurig.)

Ihr habt ja niemals so ernstlich mit mir geredt.

Triller.

Ich muß es thun, ihr Kinder liegt mir gar sehr am Herzen. — Ich denke nichts arges von euch. Brix ist ein ehrlicher, guter Mensch. Er wird dich nicht verführen, und du wirst dich auch nicht verführen lassen.

Christine. (trauriger.)

Ihr macht mich ganz traurig — ihr seyd ja immer mein guter Vater gewesen.

Triller. (freundlich.)

Das bin ich auch noch. (er nimmt sie bey der Hand.) Tienchen, ich rede itzund als dein guter Vater mit dir. Möchtest du ihn wohl zum Manne haben?

Christine. (unruhig.)

Ach, Vater, —

Triller. (ganz offenherzig.)

Nu, schäme dich nicht — Ich weiß doch, daß du ihm gut bist, ich will es aber von dir selbst hören, — gestehe es mir nur offenherzig —

Christine. (etwas stammelnd.)

Ich bin ihm wohl immer gut gewesen — weil — ihr wißt es ja, Vater —

Triller.

Höre mich an, mein Kind. Brix hat seine Gedanken auf dich. Ich weiß es; Er hat es mir schon selbst halb im Ernst, halb im Scherz zu verstehen gegeben. Du warest mir aber noch zu jung. Ich werde ihn diesen Mittag selbst darum befragen, liebt er dich aufrichtig, meynt er es ernstlich, so gebe ich euch meine Einwilligung.

Christine. (noch immer unruhig.)

Ach, Vater —

Triller.

Ja, meine Tochter — und noch vor Abend.

Zehnter Auftritt.

Die Vorigen. Marie.

Marie. (ganz munter, sie bringt Krebse in einem Fischgarne.)

Vater, da sind die Krebse. Ich habe sie bey dem Kloster-Müller gehohlet. Er muste mir die grösten aus-

auslesen, der Hauptmann soll sie gern essen. (Triller steht wieder in Gedanken da, und hört nicht auf sie. Marie heimlich zur Christine.) Schwester, was soll denn das vorstellen? Der Vater steht so in tiefen Gedanken da, und du weinest? (zum Vater.) Da sind die Krebse.

Triller. (freundlich.)

Es ist gut, meine Tochter. — Ich war in Gedanken — (wieder ernsthaft) Ich dachte bey mir so nach, wie es euch Kindern gehen würde, wenn ich stürbe, oder wenn wir sonst von einander kommen sollten.

Marie. (etwas unruhig für sich.)

Was fehlt nur meinem Vater, so habe ich ihn noch niemals gesehen. (zur Christine.) Schwester, was giebts denn? — Du schweigest?

Triller. (wieder freundlicher.)

Seyd nur ruhig, Kinder, ich bin nun auch ruhig. Ich denke euch beyde recht gut zu versorgen. Marie, deine Schwester wird heute eine Braut.

Marie.

Vater, ihr scherzt, da wird sie nicht weinen.

Christine.

Ich muß wohl weinen.

Triller.

Es ist mein ganzer Ernst. Ich habe ihr einen Bräutigam ausgesucht, der ihr gefallen wird.

Marie.

Das kann doch niemand anders als Brix seyn (Der Vater bejaht es mit einer Mine.) Gebt ihn nur meiner Schwester. Brix ist ein ehrlicher, rechtschaffner Pursche. Ich gönne dir deinen Bräutigam. (zum Vater.) Aber was habt ihr denn für mich?

Triller. (scherzhaft,)

Für dich freylich habe ich noch keinen Mann, du giebst dich aber doch zufrieden, wenn ich die Aelteste übergehe.

Marie.

Je, nu ja — (nach einer kleinen Pause mit einer lächelnden Mine.) — Es hat schon noch Zeit. Aber, Vater, was habt ihr denn für mich?

Triller.

Marie, du hast immer gern nach Altenburg gewollt. Dein Wunsch wird nun auch erfüllt. Der Hauptmann wird dich mit nehmen. Er hat für dich gesorgt, du kommst an den Hof als ein vornehmes Hofmädchen.

Marie.

Nach Altenburg? Ists aber auch gewiß? — Ihr geht doch auch mit?

Triller.

Ja, meine Tochter, ich gehe auch mit.

Chri-

Chriſtine.

Ihr kommt aber doch wieder, Vater? (für ſich.) Dieß alles iſt mir ein Traum.

Marie (voller Freude.)

Schweſter, du haſt nunmehro deinen Bräutigam, da kannſt du zufrieden ſeyn. (zum Vater.) Iſt es aber auch gewiß? Vater, als Hofmädchen! — nach Altenburg?

1.

In die ſchöne Stadt! nach Hofe!
O, wer iſt ſo froh als ich!
Vater, ach, wie freu ich mich!
Heute Magd, und morgen Zofe?
In die ſchöne Stadt! nach Hofe?
Vater, ach, wie freu ich mich!

2.

Streckt, ihr Eichen, eure Aeſte!
Wachſt, ihr Tannen, wachſet hoch!
Altenburg beſchämt euch doch!
Da ſind Thürme, da Palläſte!
Streckt, ihr Eichen, eure Aeſte,
Altenburg beſchämt euch doch!

Chriſtine.

Ach Schweſter, du kannſt ſo vergnügt ſeyn. Ich bin es nicht — Der Vater muß gewiß noch einen heimlichen Kummer auf dem Herzen haben — ich ſeh es ihm an.

Triller.

Tienchen, sey nur ruhig. Ich will die ganze Sache erklären. Ihr erinnert euch noch, daß mich der Prinz damals schon bey sich behalten wollte, als ich mit euch in Altenburg war. Sein Herr Vater hätte es auch gerne gesehen. Aber, wie er nun der beste Herr von der Welt ist, der niemanden wider seinen Willen was aufdringen mag, so wollte er mich denn auch lieber bey den Meinigen in meiner Ruhe und Einsamkeit lassen. Aber der Prinz läßt nicht nach mit bitten —

Christine.

Ach, Vater, bleibt ihr lieber hier, was wollt ihr am Hofe? ihr lebt hier weit geruhiger.

Triller.

Mein Wille ist es auch allezeit gewesen. Das Hofleben ist keine Sache für mich. Ich war zufrieden, daß mir der Churfürst frey Holz zum Kohlenbrennen schenkte: Er that noch mehr, er baute mir das Haus her, und schenkte mir ein Gütchen dazu. Ich dachte hier bey euch zu leben, und zu sterben. Es soll aber nicht seyn. Ich soll und muß an Hof. Tienchen, weine nicht — mache mir den Abschied nicht noch schwerer. — Ich habe für dich gesorgt, du bekömmst einen braven Mann. Meine betagte, kränkliche Mutter muß auch jemanden um sich haben, der sie in ihren alten Tagen pflegen und warten

ten, und ihr, wenn sie stirbt, die Augen zudrücken kann.

Christine.

Es wird doch kein Eilens haben?

Triller.

Ja, meine Tochter, noch diesen Abend.

Christine.

Noch diesen Abend? — Das ist betrübt — und warum denn?

Triller.

Der Prinz feyert übermorgen seinen Geburts-Tag. Sein Herr Vater hat sich eine kleine Freude ausgedacht. Er will uns ganz in der Stille nach Altenburg aufs Schloß kommen lassen, wenn die Hofleute alle in ihrem Staate versammlet sind.

Marie.

Schwester, die Freude must du ihm nicht verderben. Ach, Vater, wißt ihr noch, was es Ihm für Spas machte, als wir zum ersten mal nach Altenburg kamen, in den grossen Saal, wo die vielen vornehmen Herrn und Hof-Fräulein beysammen waren? Kein Apfel hätte zur Erde kommen können, so eine Menge Volks war da. Aber der Prinz wurde unser nicht so bald gewahr, so hörte man rufen: Platz gemacht! Platz gemacht! Da kömmt mein ehrlicher Triller! Sie musten euch denn alle die Reyhe herum die Hand geben, und je freundlicher man mit euch

euch that, ie lieber war es ihm. Schwester, die Freude mußt du Ihm nicht verderben. Die Churfürstin wird ohnfehlbar nach dir fragen; Sie schenkt dir wohl gar zu einem Brautkleide.

Christine.

Ach, das wollt ich Ihr alles gern lassen, wenn nur der Vater hier bliebe.

Triller.

Ihr Kinder, geht und macht nunmehr Anstalt zum Mittagsessen. (Beym Weggehen.) Noch eines. Der Hauptmann will gern den Platz besehen, wo wir den Prinzen in die Freyheit gesetzt haben. Putzt den Baum heute recht schön aus. (Christine und Marie gehn ab.)

Eilfter Auftritt.

Triller, Puffer, Hans. (dieser hat einen Soldatenhut auf, und einen Degen an der Seite.)

Hans.

Meister! — —

Triller.

Hans, ich verstehe dich schon. Es muß dir eben so fremde vorkommen, als mir. Hättest du wohl den Morgen gedacht, da du deinen Meiler umgiengest, daß du in etlichen Tagen drauf mit der

Helle-

Helleparte am Fürstlichen Schloßthore Schildwacht stehen solltest?

Puffer.

Einen grossen Knebelbart must du dir auch wachsen lassen.

Hans.

Gehört das auch zu einem Soldaten?

Puffer.

Das denke ich! das giebt dir ein Ansehen, ein Herz.

Hans.

O, daran hat mirs niemals gefehlt.

Triller.

Hans, du gehst mir zu Gefallen doch auch mit?

Hans.

Ich sollte euch verlassen? nein, lieber Meister, ihr habt mir allezeit so viel gutes erwiesen. Euch zu Liebe geh ich mit, wo ihr hin geht, in alle Winkel der Erden, aber der Prinz sieht es gern, und für meinen Fürsten liesse ich mich todt schlagen.

Triller. (giebt ihm die Hand.)

Nu geh, und mache dein bischen Sachen zu rechte. Niclassen und Hartwichen kannst du deine Arbeit anweisen, damit alles fein in der Ordnung bleibt. Das übrige wird Brix besorgen. (er geht ab.)

Puffer.

Puffer.

Ihr seyd doch wunderliche Leute, daß ihr so ungern nach Hofe zieht. Du bist ein armer Schlucker, aber es kann noch ein grosser Hans aus dir werden. Bey uns ist, der Ueberfluß wie zu Hause. Da wird uns alles unter den Händen zu Golde.

Hans.

Am Ende sind es doch wohl nur Kohlen, und dann haben sie weniger, als wir. Unser Meister hat uns oft gesagt, bey Hofe gieng es wunderlich zu, wer zu ehrlich wäre, machte sein Glück da nicht.

Puffer.

Denke du an mich! Dein Meister wird sein Glück machen, es ist ein politischer Mann, er steht in gar grossen Gnaden bey der Herrschaft.

Hans.

Ja, ein gescheiter Mann ist mein Meister, und beredt, wie ein Capellan; (*) Baccalaureus.) aber falsch ist er nicht, und falsch kann ich auch nicht seyn.

Puffer.

Komm du nur zu uns in die Schule, du sollst schon was lernen. Das wird dir nicht sauer ankommen? (er hält die Hand vor sein Gesicht, und sieht durch die Finger.)

Hans.

(*) Diesen Beynahmen haben ihm die Köhler damals selbst gegeben.

Hans.

Ey, falsch kann ich nicht seyn.

Puffer.

Närrischer Kerl, das nennen wir klug. Aber höre. Mit dem Koch und Mundschenken must du es nicht verderben, mit den vornehmern Bedienten bey Hofe versteht es sich so, die haben auch manchmal ihre Gänge, aber wenn sie dir was in die Hand drücken, so steck es ein, und sieh neben weg, wenn du klug seyn willst.

Hans.

Und wäre das recht?

Puffer.

Ey, es geschieht manches, das nicht geschehen sollte. Hübsche Mädchen giebts da auch, die sehn die langen Trabanten gern. Wenn du nur erst ein bischen wirst ausgemustert seyn! Komm her — du hast hübsche breite Schultern, und grosse Waden — stehe fein grade — sieh mich an! Schelm, siehst du wie du schmuzelst — Komm du nur erst in unsre Schule!

Zwölfter Auftritt.

Die Vorigen. Brix.

Brix. (lachend.)

Ha, ha! Bist du's, Hans? — oder betrügen mich

mich meine Augen? Was zum Henker machst du mit dem Hute — mit der grossen Plempe?

Puffer.

Hans ist unser Kammerade.

Hans. (zuckt die Achseln.)

Ja wohl Bruder.

Puffer. (zu Brixen.)

So ein braver Kerl könntest du auch seyn.

Brix.

Geht doch, ihr habt mich zum besten.

Hans.

Hast dus denn nicht gehört, daß der Meister mit den Töchtern nach Altenburg zieht, daß die eine Kammermädchen wird, daß ich unter die Trabanten komme?

Brix. (unruhig.)

Ich habe mit niemanden gesprochen. Aber — was sagst du? Der Meister zöge nach Altenburg, und die Kinder auch?

Hans.

Ja doch, frage nur den Herrn.

Brix. (ungedultig zu Puffern.)

Was will er uns weiß machen? — Der Meister zöge nach Altenburg.

Puffer.

Deswegen sind wir hergekommen.

Hans.

Hans.
Der Hauptmann hat es mir auch gesagt.
Brix.
Und Tienchen geht auch mit?
Puffer.
Ha, ist das etwan sein Mädel? Die mit den muntern Augen, mit der er so schön that?
Brix.
Das will ich gleich erfahren.
Puffer.
Geh nur, geh nur, du wirst es schon erfahren.
Hans. (zu Brixen.)
Aber siehst du, Bruder, das kömmt von deinen Zaudern. Du freyest, und freyest nun schon so lange um sie, und hast noch nicht das Herz gehabt, es ihr zu sagen. Es ist deine eigne Schuld.
Brix.
Ich möchte närrisch werden. — Ist es aber auch wahr? (mit Ungestüm zu Puffern.) Nu, halte er mich nicht zum zweytenmal für einen Narren!
Puffer.
Geh nur, du wirst es schon erfahren.
Brix.
Hans, was meynest du wohl?
Hans.
Ich kann dir weiter nicht helfen —

Brix.

Brix.
O, wenn das wahr ist, wenn ich Tienchen verliere, so bleibe ich keine Stunde länger hier!
Brix. Das wäre zum Henken!
Hans. Nein, Bruder, mit Rath,
Du wirst dich bedenken.
Puffer. Komm, werde Soldat!
Brix. Eh' wollt ich mich henken!
Hans. Du wirst dich bedenken.
Puffer. Auf du und du!
Brix. Ey, laßt mich in Ruh!
Puffer. Du findest gnug Mädchen im Feld und im Lager,
Da bist du mein Bruder, da werd' ich dein Schwager;
Brix. Nicht Bruder, nicht Schwager!
Puffer. Auf du und du!
Brix. Ey, laßt mich in Ruh!
Puffer.
Hans. } Ich lache, ha, ha, ha! ich lache dazu!

(Hans und Puffer geht ab. Brix lehnt sich voller Unmuth an einen Baum. Er sieht eine Frau kommen, wirft sein Beil hin, und läuft auf das Haus zu. Der Vorhang fällt nieder.)

Ende des ersten Aufzuges.

Zweyter Aufzug.

Der Schauplatz stellet eine andere Seite des Waldes, und in dessen Mitte eine Fichte vor. Um den Baum herum ist eine Erhöhung, oder Rasenbank, damit man die untersten Aeste erreichen kann.

Erster Auftritt.

Marie, Christine, Else, Ursel. (sie sitzen insgesammt, und binden Kränze, welche ein Köhler an den Aesten fest macht.)

Marie.

Schwestern, Brüder, singt am Reyhen,
Pflanzet Birken, setzet Mayen,
Brecht die schönsten Rosen ab!
Bringt uns Blumen, bringt uns Früchte,
Kommt, umkränzt die heil'ge Fichte,
Die dem Prinzen Schatten gab.

Marie, Christine, Ursel.
Marie.   Bringt uns Blumen, bringt uns
                                    Früchte;
Christine.⎫
Ursel.   ⎬ Wachse, wachse heilge Fichte!

E   Ewig

Alle. Ewig sollst du in dem Hayn
Unsrer Liebe Denkmaal seyn!

(zu Christinen.) Wird unser Baum nicht recht schön? Aber deine Kränze sind doch die schönsten. Schwester, auf deine Hochzeit bringe ich dir aus dem Fürstlichen Garten Blumen mit, recht kostbare Blumen.

Else. (durchgehends in einem scherzhaften Tone.)

Marie spricht schon, als eine vornehme Stadtjungfer. Alles groß, alles Fürstlich! Je, unsre Wald- und Wiesenblumen sind eben so schön. Tienchen, wir wollen dich damit ausputzen, vom Kopf bis an den Gürtel. Dein Bräutigam soll eine ganze Stunde daran abzustecken haben. Und deinen Brautkranz — den muß ich haben. Lache doch nur ein bischen — eine Braut muß nicht so sauer aussehen.

Christine. (immer etwas traurig.)

Es ist mir gar nicht zum lachen.

Ursel.

Ich möchte auch lieber weinen, da ihr uns alle verlassen wollt.

Else.

Nu, fange du auch an. Wenn du weinest, und Sie weinet, und wir alle weinen, so wird es ein schönes Geweine werden. Tienchen, sey hübsch munter.

Chriſtine.
Elſe, du haſt gut reden — Ach!
Elſe. (ſpottweiſe.)
Ach! — ſo machen es alle Bräute. Wenn ich einmal einen Bräutigam habe, da ſollt ihr mich klagen und ächzen hören. Tief, tief aus dem Herzen heraus! Ach!

Da will ich Geſichter machen,
Kläglich ſeufzen, freundlich lachen,
Ach — ach, ach! — ha, ha!
Geht er fort, ſo will ich zanken,
Wenn er kömmt, will ich ihm danken,
Lieber — Trauter — biſt du da?
Ach — ach — ach! — ha, ha!

Marie.
Elſe, du biſt doch ein närriſches Thier! Nu ihr Mädchen, wir haben noch nicht Blumen genug.
Urſel. (zur Elſe.)
Für wen ſoll denn der ſchöne Strauß?
Elſe.
Rathe einmal!
Urſel.
Das weiß ich nicht.
Marie.
Doch wohl für den ſchwarzköpfichten Soldaten Puffer?

Elſe

Else.
Errathen!

Ursel. (greift darnach.)
So weise doch her!

Else.
Er ist noch nicht ganz fertig.

Ursel. (sie reißt ihn Elsen aus der Hand, und riecht daran.)
Pfuy doch! Das sticht wie lauter Nadeln. (wirft ihn zurück.)

Else. (lachend.)
Ha, ha! so gehts den vorwitzigen Mädeln. Stille nur! Ich muß Puffern eines anhängen. Ich stehe vorhin so da, und raffe mein bischen Gras zusammen. Da kömmt er ganz sachte zu mir hingeschlichen, und will mich mit Gewalt herzen. Ich muß noch einen rothen Fleck im Arm haben, so hat er mich gezwickt. Aber er soll dafür bezahlet werden; ich soll ihm einen Strauß geben. Seht nur, ich habe eine Klettendistel mit eingebunden. Die soll sich recht in seinen Bart verwickeln.

Ursel.
Er zeckt sich gar so gern mit dir.

Marie.
Ja, und Else mit ihm. Es ist Zeit, daß er wegkömmt.

Else.

Else.

O, es hat keine Gefahr. Denkt ihr etwan, ich würde mich mit Soldaten einlassen? Ja, das sind die rechten! (zur Christine.) Wo bleibt denn dein Bräutigam? Ich glaubte, er müste schon da seyn.

Christine.

Hast du ihn gesehen?

Else.

Wie ich hergieng.

Christine.

Wo denn? wie sah' er aus?

Else.

Je nu, er stand vor eurem Hause, und sahe so freundlich aus, wie ein Bräutigam, und seufzte nach seinem Bräutchen. (affectirend.) Gelt, nun kannst du doch ein bischen lachen?

Christine. (gezwungen lächelnd.)

Man muß ja über deine Possen lachen.

Marie.

Die Blumen sind alle, — macht, daß ihr fortkommt. Pflückt eure Schürzen nur recht voll!

Ursel.

Else, wir wollen auf die neue Wiese gehen. Da stehet alles voller Butterblümchen, wie ein gelbes Tuch.

Else.

Wenn ich Brixen antreffe, so will ichs ihm sa=

gen, daß er geschwinde, geschwinde! Ach! (klopft Christinchen auf die Achseln, indem sie es sagt, und läuft fort mit Urseln.)

Zweyter Auftritt.

Marie, Christine.

Marie.

Tienchen, gräme dich über unsern Abzug nur nicht so sehr.

Christine.

Ach, Schwester, ich habe es dir nicht sagen mögen, weil Else zugegen war. Es kömmt ein Kummer nach den andern; Balzers Rosine hat mich recht erschreckt.

Marie.

Und wie so denn?

Christine.

Denke nur, wie sie vorhin nach Grase geht, so trift sie Brixen auf dem Zimmerplatze an, mit dem Gesicht an einem Baum angelehnet, wie einen Menschen, der irre im Kopfe ist. Auf einmal wirft er sein Beil weg, und rennet bey ihr vorbey. Daß ich's recht sage — Eine Weile zuvor war er mit den Soldaten ins Tännicht gegangen. Sie hatte nicht alles verstehen können, so viel aber hatte sie von ihm gehöret

gehöret, weil alles wegzöge, so wollte er Soldat werden, er würde schon ein anders Mädchen finden. Ach, Schwester, wenn das wahr ist, — ich würde mich nicht zu gute geben können, und denke einmal, mein armer Vater —

     Marie.

Glaube doch nur so was nicht. Rosine ist eine Schwätzerinn, man darf ihr von zehn Worten kaum eines glauben. Else hat ihn ja so vergnügt gesehen.

     Christine.

Else setzt auch gerne was hinzu.

     Marie.

Mache dir doch keine Sorgen. Du kennest ja Brixen. Er kann sich nicht verstellen, er ist zu ehrlich dazu, und viel zu gescheid, als daß er so feine Narrheit begienge.

     Christine.

Ich sollte es wohl auch glauben. Aber die jungen Pursche sind manchmal auch veränderlich — wenn er nur nicht geheuchelt hat, — wenn ihn nur nicht die Soldaten verführet haben — Schwester, ich könnt es ihm in meinem Leben nicht verzeihen.

     1.

Wer nicht beständig liebt,
Der liebt mich auch nicht treu,
So gern mein Herz vergiebt,
So sehr haßt's Schmeicheley;

Wer anders denkt, als spricht,
Den lieb ich nicht, —
Nein, nein, den lieb ich nicht.

2.

Er mag nur immer gehn,
Der ungetreue Mann,
Und andre Mädchen sehn,
Er trift kein Tiechen an;
Wer anders denkt, als spricht,
Den lieb ich nicht —
Nein, nein, den lieb ich nicht.

Ja, und noch eins. Rosine sagte, er hätte schon einen Soldatenhut aufgehabt.

Marie.

Ach, wer weiß, was das Weib gesehen hat. Sey du nur ruhig, Schwester. Der Vater will unsern Baum besehen, vielleicht bringt er Brixen mit. Denke einmal, was das für Freude seyn wird, wenn der Vater mit seiner freundlichen, guten Miene deine Hand in seine geben, und zu dir sagen wird: hier bringe ich dir deinen Bräutigam. Da wird das Herz doch ein bischen klopfen. Du würdest ihn gern um den Hals fallen wollen, aber du wirst dich doch vor uns ein bischen schämen — Gutes Tiechen, so stelle ich es mir vor.

Christine.

Wo bliebe er aber so lange?

Marie.

Marie.

Der Hauptmann hält ihn vielleicht auf. Doch stille! Ich höre jemanden kommen. Sie sind es.

Dritter Auftritt.

Die Vorigen. Brix. (setzt aus Kurzweil Hansens Soldatenhut auf, und hängt den Soldatenrock auf die Achsel, und will sie beschleichen,)

Christine. (sieht ihn voller Bestürzung.)

Es ist Brix! — ach er ist's, er ist's! (verbigt ihr Gesicht in ihrer Schwester Busen.)

Marie. (erschrocken, vor sich.)

Brix ein Soldat! — ich wäre halb des Todes.

Christine. (äusserst gerühret.)

Schwester — wir wollen gehen.

Marie. (heftig im Zorne.)

Nein Schwester, du bist zu gut — Der Treulose! Ich muß dich rächen, ich muß mich rächen, ich will es ihm ins Gesicht sagen, daß er ein falscher, ein meineidiger —

Brix. (kömmt näher.)

Lienchen — wie gefalle ich dir in dem Anzuge?

Marie.

Hast du noch das Herz, dich vor meiner Schwester sehen zu lassen, du —

Brix.

Brix. (spottweise.)

Du, du — —

Marie. (heftiger.)

Und noch so hämisch — —

Brix. (stutzt etwas.)

(bey Seite.) Zum Scherz ist es doch bald zu viel. (zu Marien.) Du kannst dich doch recht verstellen —

(Marie. fällt ihm ins Wort.)

Keine Verstellung! ich bin nicht falsch, keine Betrügerin, keine Meineydige, wie du an meiner Schwester — —

Brix. (ernsthafter.)

Nu, nu, höre auf — (er klopft Christinen sanft auf die Achsel.)

Marie. (stößt ihn weg.)

Geh, — meine Schwester mag dich nicht sehen, geh nur mit deinen wilden Soldaten dem Kalbfelle nach —

Brix (vor sich.)

Was habe ich gemacht? — Sie denken wohl gar — (er ist voller Unruhe und geht auf sie zu.)

Brix. Kein Soldat, kein Soldat! Kinder seyd doch gut!

Marie. Dieser Rock?

Christ. Dieser Hut?

Brix. Nein, versteht doch Spaß!

Marie.

eine Operette.

Marie. Ja doch! Ja doch!
Chrift. Was?
Brix. Kinder seyd doch gut!
Chrift. Dieser Rock?
Marie. Dieser Hut?
Brix. Kein Soldat, bey meinem Blut!
Marie.
Chrift. } Nein, ich bin dir nicht mehr gut!
Brix. Je, verwünschter Rock und Hut! (er wirft beydes weg.)

Vierter Auftritt.

Die Vorigen. Triller.

Brix. (läuft ihm entgegen.)

Ach, Vater, kommt doch, helft doch euren Kindern aus dem Irrthume.

Triller. (freundlich.)

Was giebt's, mein Sohn?

Christine. (in Verwunderung.)

Mein Sohn — Hörst du's Schwester? — Wir können uns irren, wir wollen unsern Vater nicht erschrecken.

Brix. (läuft bald auf den Vater, bald auf die Kinder zu.)

Vater, ich trage Hansens neuen Rock her, und aus purer Schäckerey setze ich seinen Hut auf,

da

da denken die guten Mädchen, ich wäre ein Soldat geworden.

    Triller. (lächelnd.)

Ich dachte, was es für ein Unglück wäre. (zu den Kindern.) Ihr werdet doch nicht so einfältig seyn?

    Marie.

Also ist Brix kein Soldat?

    Triller.

Ach, — ich glaube du träumest.

    Marie. (zu Brixen.)

Du loser Mann hast mich so erschrecket, daß es mir in alle Glieder gefahren ist.

    Brix.

Und du hast mich so ausgescholten —

    Marie.

Aber meine arme Schwester —

    Christine. (fällt ihr ins Wort.)

Laß es gut seyn, Marie, ich will mich gern umsonst geängstigt haben.

    Brix. (zärtlich.)

Tienchen, es thut mir nur leid —

    Christine. (freundlich.)

Brix, es ist deine Schuld nicht. Rosine hat mich belogen. Sie hat dich auf dem Zimmerplatze belauschet.

    Brix.

Brix.

Höret ihrs, Vater? Nun kömmts heraus; das böse Weib hat mich verrathen.

Triller.

Tienchen, dem armen Schelm ists nicht besser gegangen.

Christine.

Wie so, Vater?

Brix.

Ja, denke nur, ich weiß von allen nichts, und will zu euch gehen. Da begegnet mir unser Hans mit dem Soldaten, Puffer. Die dummen Leute hatten gehöret, und nicht gehöret. Es hieß, ihr zöget nach Altenburg, alle meine Hofnung auf dich wäre nunmehr ganz umsonst.

Christine.

Das sagten sie?

Brix.

Ich war ganz ausser mir, ich hätte mir lieber ein Leides anthun mögen.

Christine. (zärtlich.)

Armer Brix.

Marie.

Also hast du meine Schwester doch recht lieb?

Brix.

Je, wen könnt ich mehr lieben, als sie!

Triller.

Triller.

Ihr guten Kinder, wir haben heute alle unsern Theil bekommen, gutes und schlimmes durch einander. Desto grösser wird eure Freude seyn, die meinige ist sie auch. Es ist mir doch lieb, daß ich sehe, daß eure Liebe aufrichtig ist —

Brix. (aufs lebhafteste.)

Ja, Vater, das ist sie, aufrichtig, recht herzlich.

Triller.

Und Tienchen? — (er sieht sie an, nach einer kleinen Pause.) Mädel, kömmt dir denn das Ja so sauer an? —

Christine. (erröthend.)

Ja, — (sie giebt ihm die Hand.)

Triller. (aufs lebhafteste gerührt.)

Nu, ja, ja! ihr habt schon meine Einwilligung, meinen väterlichen Seegen. Komm meine Tochter, mein Sohn, gebt euch die Hände! Marie du sollst Zeugin seyn!

Brix.

1.

Nimm hin der Lippen treuen Schwur,
Mein Tienchen, dich, dich lieb ich nur,
Mit dir theil ich mein Herz.

Christine.

An deiner treuen Brust allein
Will ich mich meines Lebens freun.

Da theil' ich Freud' und Schmerz.
Brix. So liebst du mich?
Christ. Allein nur dich:
Und du liebst mich?
Brix. Allein nur dich.

Brix.

1.

Ein mäßig Glück, ein eigner Heerd
Ist mir bey dir von grössern Werth,
Als Freybergs reicher Schacht.

Christine.

Die kleine Flur, der stille Hayn
Soll mir bey dir weit lieber seyn,
Als aller Höfe Pracht.

Brix. So liebst du mich?
Christ. Allein nur dich:
Und du liebst mich?
Brix. Allein nur dich.

(Vater und Kinder geben sich die Hände, und umarmen sich wechselsweise.)

Triller.

Aber, ihr Kinder, wie halten wir es nunmehro mit der Hochzeit? Ich darf euch doch so gar lange nicht warten lassen — Ich dächte so ungefähr auf den Herbst?

Brix.

Brix.

Das ist doch ein bischen zu lange. Nicht wahr? Lenchen, — Vater, gefiel es euch denn nicht auf Jacobi?

Christine.

Es hat ja noch Zeit.

Marie.

Nein, Schwester, es muß bald geschehen. Du weißst, ich bin ein wenig frostig, ich möchte nicht in der Kälte herreisen.

Triller.

Nu, auf Jacobi wird's nicht schneien. Ich will schon sehen, wie es sich am besten schicken wird. Aber, Kinder, ihr seyd Verlobte — ihr wohnet unter einem Dache — ich sage es aus einer guten Meynung. Ich denke nicht so was arges, wie Puffer.

Brix.

Ich ärgere mich noch über seine losen Reden. Mögen sie doch, wie er sagte, bey ihnen Hochzeit und Kindtaufen an einem Tage ausrichten.

Christine.

Pfuy! Brix sage doch so was garstiges nicht nach. Puffer ist ein roher Mensch. Nein, lieber Brix, früh geh'st du an deine Arbeit, Mittags essen wir ein bischen mit einander, ich bleibe alsdann

bey

bey der Grosmutter, und habe sonst meine Verrichtungen.

Triller.

Denkt nur fleißig an euren Vater — Ihr seyd mein einziger Trost, meine einzige Hofnung, ihr werdet sie mir noch ferner an euch erleben lassen. Marie, komm du mit mir, wir haben nicht mehr viel Zeit übrig. Wenn alles eingepackt ist, so laßt unsre Sachen hertragen. Der Hauptmann kommt auch her, wir gehen alsdann gerades Weges von hier aus nach Grünhayn. (zu Christinen und Brixen.) Kommt uns bald nach. (Marie und Triller gehen ab.)

Brix. (zu Christinen.)

So in Gedanken, meine liebe? — Du must hübsch munter seyn.

Christine.

Lieber Brix, der heutige Tag bleibt mir allemal ein trauriger Tag.

Brix.

Aber für uns ist es ja einer der glücklichsten in unsern Leben. Nicht wahr? Tienchen, itzund empfinden wir erst, wie süß die Liebe ist. Loses Kind, du hast es mir oft sauer genug gemacht. Wenn du mich manchmal so freundlich ansahest, und mir das Wort schon auf die Zunge kam, und du mir wieder einen ernsten Blick gabst, so entfiel mir auf einmal

F   aller

Muth, ich schämte mich, du schlugst die Augen nieder, und keines von uns wuſte, was es sagen sollte.

Chriſtine.
Es ist mir nur leid um meinen guten Vater. Er zieht ungern weg. Bey Hofe iſt ihm alles zu groß, zu vornehm.

Brix.
Ich wünschte, daß er hier bliebe. Wie freute er sich nicht über das kleine Stübchen, das dieſen Sommer fertig werden sollte!

Chriſtine.
Ach, lieber Brix, wenn du ihn gesehn hätteſt, wie wir in das neue Haus zogen. Er machte das Feuer auf dem Heerde selber an. Wir ſtunden alle um ihn herum, und sahen ihm zu. Wärmt euch, meine Kinder, ſagte er, wärmt euch an dem Feuer, unſer Vater Friedrich schenkt uns Holz und Kohlen, das Haus, wo wir wohnen, das Brod, das wir essen, alles giebt er uns alles, alles!. Da ſuchte ich und meine Schweſter alle kleine Späne, und dürre Reiſer zuſammen, und machten ein groſſes, groſſes Feuer, und patſchten vor Freuden in die Hände. Das gefiel ihm dann gar ſehr, und nun soll er seinen goldnen Heerd, wie er ihn immer nannte, verlassen!

Der gute Vater dauert mich,
Ich kenn' sein Herz — er zwinget sich —
Sein Herz bleibt doch zurück:
Ihm ist der Hof kein Glück.
Ihn freut kein glänzendes Gemach,
Wir — und der Wald, dieß kleine Dach —
Wie nah' wird ihm dieß alles gehen?
Ach, blieb er hier!
O, könnten wir
Doch stets den guten Vater sehen!

Fünfter Auftritt

Die Vorigen. **Hans, Roland, Brix, Christine.**

Hans. (zu Rolanden.)

Da sind die Neuverlobten.

Roland.

Viel Glück dem Brautpaare! Jungfer ist's nicht wahr? wo wir Soldaten hinkommen, da finden wir das Glück, oder bringen es mit.

Christine.

Wenn sie es nur nicht mitnehmen.

Brix.

Der Herr thut das wohl nicht. Das ist gar ein braver Mann.

Christine.

Aber Puffer — (schüttelt ein wenig den Kopf.)

Roland.

Roland.
Er ist nicht so schlimm, wie er scheinet. Ein bischen anfahrend, und brozig. Ist das der Baum? Putzt ihr ihn denn immer so schön?

Brix.
Ja, alle Sommer, unserm Prinzen zu Ehren.

Hans. (zu Brixen.)
Wo hast du meinen Rock? ich will ihn einpacken. — Willst du ihn etwann ein bischen anprobiren?

Christine.
Nein, nein, Hans, packe ihn nur ein!

Brix.
Ja, wenn du's wissen solltest, was für ein Schrecken ich gehabt habe.

Hans.
Was denn?

Christine.
Lieber Brix, denke nicht weiter daran. (zum Hans.) Du hättest es auch sein können bleiben lassen. Was hast du ihm denn von mir weiß gemacht, daß ich nach Altenburg ziehen würde.

Hans.
Puffer hat mir es so gesagt.

Christine.
Puffer ist doch an allem Schuld.

Brix.
Wenn wir ihm doch nur auch was anhängen könnten!

Chri-

Christine.

Komm Brix, es ist Zeit, daß wir gehen.

Roland.

Wir nehmen noch nicht Abschied.

Brix.

Nein, wir kommen wieder her.

Sechster Auftritt.

Die Vorigen. Else, Ursel.

Ursel. (erschrickt, und will wieder zurück gehn.) Ach, ach!

Else.

Was giebts?

Ursel.

Da ist Puffer!

Else.

Nein, er ist's nicht. Komm nur Ursel. (zu Brixen und Christinen, die weggehen wollen.) Viel Glücks, viel Glücks Braut und Bräutigam. (zu Ursehn.) Wir müssen doch das neue Paar zusammen geben. (sie ziehn eine Schnur aneinander gereiheter Blumen um sie, und Else tanzt und trallert dabey, da der Großvater ꝛc.)

Christine.

Gut, gut, ihr Mädchen. Laßt uns gehen. (Brix geht mit Christinen ab.)

Roland.

Roland. (zur Else.)

Du möchtest wohl gern auch eine Braut werden.

Else. (immer scherzend.)

Weiß er etwan einen hübschen Freyer für mich?

Roland.

Meinen Kameraden, Puffer.

Else. (schüttelt mit dem Kopfe.)

Hm! — Den mag ich nun eben nicht. Hat er denn schon eine Frau?

Roland.

Mädel, wenn ich zwanzig Jahre jünger wäre.

Hans.

Schäme dich doch, Else, du wirst dich nicht selbst anbiethen.

Else.

Je nu, wenn keine Freyer kommen wollen.

Ursel.

Schwatze nicht Else, wir müssen unsere Kränze vollends anbinden. (sie hängt einige auf.)

Else. (ruft.)

Puffer kömmt! (und zwickt sie in die Seite.)

Ursel. (erschrickt.)

O weh! (kehrt sich um.) — Else hast du mich nicht erschrecket!

Roland.

Mädel, du fürchtest dich ja vor Puffern, als wenn es der Popanz wäre.

Else.

Else.

Ey, Puffer ist der Erzpopanz von allen Soldaten.

Roland. (zur Ursel.)

Brich mir doch einen Zweig ab, damit ich was in die Stadt bringen kann.

Ursel.

Da hat er einen.

Else.

Nehme er sich doch auch ein Sträuschen. Nein, den nicht! Der ist für Puffern.

Roland.

Ich dachte, du wärest ihm so gram.

Else.

Ich bin ihm (Rolanden.) auch nicht gut, daß er uns unsern Meister wegnimmt.

Roland.

Habt ihr ihn so lieb?

Else.

Ey, wer wollte ihn nicht lieb haben. Er schilt mich zwar manchmal aus, aber ich bin ihm doch gut, weil er's gut meynt.

Hans.

Höre er doch, Herr Kamerade. Wir sind itzund allein — wollte er mirs nicht ein bischen weisen, wie ich etwan gehen, und mich drehen muß; daß ich mich nicht zu dumm anstelle.

Roland.

Die treuen Köhler,

Roland.

Recht gern — Du mußt hübsch gerade stehen — den Kopf in die Höhe! — Brust heraus! Die Schultern eingezogen! So, so — Nun gieb Acht, wenn ich commandire —

Roland. Rechts umkehrt euch! zählt dabey:

Eins, zwey, drey.

v v —

Hans. Eins, zwey, drey.
Roland. Nicht so! nicht so! merk' aufs Tempo!
Beyde. Eins, zwey, drey!
Roland. Eins, zwey, drey.
Roland. Links herstellt euch! Eins, zwey, drey!
Hans. Halt! Eins, zwey
Roland. Nicht so! nicht so! merk aufs Tempo.
Beyde. Eins, zwey, drey.
Roland. Rechts um! Links um! Marsch!
Beyde. Pum, trum!
Roland. Knie steif! Kopf aufrecht! munter! Und die Zähen spitz herunter!
Beyde. Pum, trum, pum trum.
Roland. Halt! pum, pum,
Roland. Richt euch, schwenkt euch! Marsch!
Beyde. Pum, trum

Else.

Das will ich auch machen. Komm Ursel (sie schleppt
sie

sie einige Schritte mit sich, und äft den Soldaten nach.) Marsch, pum, trum.

Ursel.

Je, so lasse mich gehen. Mit deinen ewigen Schäckereyen!

Else.

Horcht, es regt sich was hinter dem Busche. — Es ruft jemand.

Roland.

Das ist Puffers Stimme. Er ist mit dem Hauptmanne auf die Jagd gegangen; sucht ihn doch auf ihr Mädel.

Else.

Wenn er sich auch einmal verirret. Er mag auch sehen, wie sich's unter freyem Himmel schläft.

Puffer. (ruft näher.)

Holla! heh! — wo seyd ihr?

Puffer. (kriecht aus einer Hecke hervor.)

Ueber die Kreutzwege, und kein Ende! — Ich bin in dem verwünschten Walde bald eine Stunde lang irre gelaufen.

Else. (besieht ihm in der Nähe.)

Er hat wohl gar in einem Heuschober gesteckt. (sie sieht ihm ins Gesicht, und fängt an überlaut zu lachen.) Ha, ha! was zum Guckuck! — was hat er denn im Gesichte? — ha, ha! schwarz — schwarz wie ein leibhafter Kobold!

Puffer.

Puffer.

Mädel, vexire mich nicht.

Elſe.

So ſeht ihn doch nur an — ha, ha!

Roland.

Kammrad, es iſt wahr. Du biſt ja ganz ſchwarz.

Elſe.

Die ſchwarzen Streifen — wie Bärentatzen — ha, ha! hat er ſich denn etwann mit einem böſen Geiſte gerauſet?

Puffer. (wiſcht ſich im Geſichte.)

Mädel, höre auf zu lachen. Ich bin durchs Dickicht gekrochen — es iſt ja alles bey euch ſchwarz, was man nur angreift.

Elſe.

Komm er her, ich muß ihn doch nur wieder weiß machen. (ſi wiſcht und macht ihn noch ſchwärzer.)

Roland.

Loſes Mädel, du machſt es ja noch ärger.

Puffer. (mürriſch.)

Ey, der Hagel!

Elſe.

Nu, fluche er nur nicht! Es geht ſogleich nicht ab. Aber wenn er will — der Bach iſt ganz nahe, ich will ihm den Kopf recht waſchen.

Roland.

Haſt du nichts vom Wildpret angetroffen?

Puf

eine Operette.

Puffer. (in einiger Verwirrung sieht sich immer um.)

Der Hauptmann hat — glaube ich — hat was geschossen (man hört Lärmen hinter der Scene. Puffer macht sich von der Else los, die ihn vollends abwischen will.)

Siebender Auftritt.

Die Vorigen. Niclas, Balzer. (dieser führt einen grossen Hund am Stricke.)

Niclas.

Wo ist er, der Schalk? Der lose Gesell? Ins Fürstens Gehäge die Hasen zu schiessen!

Balzer.

Er soll uns den Balg, — den Hasen, das Fell bezahlen, bezahlen und hundertfach büssen.

Niclas. Frisch! Bruder, beherzt;
  Ich hab ihn geschwärzt;
Balzer. Das wird er hier seyn —
Niclas. Das ist er! Balzer. Das ist er!
Roland. Halt ein!

Puffer. (setzt sich in Positur.)

Ja, kommt nur ihr Schelmen! dem ersten, der mir zu nahe kömmt, renne ich das Schwerdt in Leib.

Roland.

Roland. (läuft; darzwischen.)

Sachte, sachte ihr Leute, was soll das heissen?

Hans. (zu Rolanden.)

Laß er's gut seyn! (zu Niclas und Balzern.) halt! Das sind fremde Herrn — des Meisters Gäste!

Niclas.

Also weiß es der Meister?

Hans.

Ja doch, ja doch!

Niclas.

Das ist was anders. Er hätte es nur sagen sollen.

Roland. (zu Puffern.)

Kamerad, es ist deine Schuld.

Puffer. (noch zornig.)

Beym Element! die Schelmen waren mir gleich auf dem Halse. Ja, hätte ich dazu kommen können (weiset auf seinen Degen.) der Henker hohle! ich hätte sie zeichnen wollen.

Hans.

Laß er's gut seyn. (zu Niclas.) gieb ihm den Hasen.

Else.

Nu, seh er nur wieder freundlich aus. Es steht ihm gar nicht, wenn er so giftig ist. Pah! was das für ein Paar Augen sind! Warte er doch! Er hat da noch ein schwarzes Fleckchen, ich will es ihm vollends ganz säuberlich abwaschen.

Puf-

Puffer. (mürrisch.)

Ey laß' mich ungeschudelt!

Else.

Ich habe keine schwarze Hände — seh er doch nur her!

Ursel. (zieht Elsen weg.)

Else, laß ihn doch gehen. Du siehest ja —

Niclas.

Nu, nehme er nur seinen Hasen hin.

Roland.

Was habt ihr denn da für einen grossen Hund?

Puffer.

Die Bestie that auch, als ob sie mich auffressen wollte. (er droht ihm.)

Hans.

Bey Leibe nicht! Das ist unsers Meisters Hund, Rumor. Sie werden doch von dem braven Hunde gehört haben, der die Prinzenräuber so wacker angepackt hat. Du gutes Thier (er streichelt ihn.)

Ursel.

Thu er ihm ja kein Leides. Rumor hat grosse Tugenden.

Else.

Grosse Tugenden — vornämlich kann er die Soldaten nicht leiden. —

1.

An Treu, an Muth und Tapferkeit,
Ihr Herren, merkt es euch!

Kömmt

Kömmt unter Hunden weit und breit
Rumoren keiner gleich.
Er wacht vor unserm Kohlenkram,
Und wittert bald den Freund;
Den bunten Röcken ist er gram.
Und den Soldaten feind.

Ursel.
2.

Für unsern Prinzen stritt Rumor,
Und schonte nicht sein Blut,
Sein lahmes Bein, sein halbes Ohr
Beweisen seinen Muth.
Mein Herr lohnt ihn für seine Treu,
Und theilt mit ihm sein Brod,
Verpflegt ihn auf der besten Streu,
Und füttert ihn zu tod

Hans. (den Hund streichelnd.)

Rumor dauert mich, daß er seinen Herrn verlieren soll. — Es ist ordentlich, als merkte es das Thier. Er ist den ganzen Tag um ihn herum gelaufen und winselt, und mag nicht fressen. (zu Walzern.) Führe ihn doch nur gleich in unsere Hütte, und lege ihn an, daß er uns nicht nachläuft.

Niclas. (zu Puffern.)

Da, gebe er mir seine Hand. Wir wollen in Unfrieden von einander nicht scheiden.

Puffer.

Puffer. (giebt sie ihm, und oben drauf einen kleinen Stoß.)

Geh nur, du kraußköpfichter Schelm! (Niclas und Balzer mit dem Hunde geht ab.)

Else. (zu Puffern.)

Vor lauter Gift und Galle hat er unsern schönen Baum noch nicht angesehen. (Puffer sieht seitwärts.) Je, wo sieht er denn hin! Die alte Eiche wird es nicht seyn. (drehet ihn um.) Da seh er her! — Aber warte er, — er muß auch einen Strauß haben —

Puffer.

So gieb nur her!

Else. (sucht in ihrem Korbe.)

Ich muß ihm doch was hübsches auslesen — weil er so ein hübscher Mann ist —

Puffer.

Halt! Mädel, was versteckst du da? — Der schlechteste soll gewiß für mich (er nimmt einen und riecht.) deine Blumen riechen ja nicht.

Else. (giebt ihm einen Strauß mit der Distel.)

Riech er nur recht dran!

Puffer. (riecht und sticht sich.)

Der Henker! Mädel du führst mich an.

Else. (lacht.)

Ha ha! (er greift nach ihr, sie reißt sich loß.) Ich rufe gleich, Rumor, such! such!

Roland.

Roland.

Ja, es hat sich gut stechen, wenn der Hund fort ist.

Puffer.

Ihr Mädel seyd mein Seel, kein Haar nicht besser, als unsre Stadtjungfern.

Achter Auftritt.

Die Vorigen. Triller, Marie, Christine, Brix.

Triller.

Hans geh und siehe zu, ob der gnädige Herr schon auf dem Eisenhammer ist. Ich will ihn abhohlen.

Puffer. (zu Rolanden.)

Kamerad, den Hammer must du sehen, es ist ein schönes Werk.

Triller. (zum Hans.)

Führe die beyden Herrn mit hin. (Hans geht mit Puffern und Rolanden ab.) Ihr Mädchen, könnt nunmehro unsere Sachen herschaffen. (Else und Ursel gehn auch ab.) Es wäre nunmehr alles bestellt. Wenn euch noch was einfallen sollte, so sagt mirs nur — Ich bin müde — Ich muß noch zu guter letzt ein wenig bey euch ausruhen, und von meinem lieben Walde Abschied nehmen. (er setzt sich mit den Kindern unter die Fichte.) Kinder, alle die

Bäume, die ihr hier seht, sind als niedrige Stämme mit mir in die Höhe gewachsen. Ich freute mich allemal, wenn der Frühling kam, und der junge Trieb so hübsch angesetzt hatte. — Aber — die Jahre sind vorbey — ich habe nun schon an die funfzig Sommer erlebet, und drüber.

Brix.

Wir werden euch manchmal her wünschen.

Triller.

Ich werde noch öfterer an euch denken. — Ich habe hier manche vergnügte Stunde gehabt. Wenn ich mich den Tag über müde gearbeitet hatte, so gieng ich in der Dämmerung her, und legte mich unter einem Baume nieder. Wenn der volle Mond dort hinter den Tannenholze hervor kam, und mich ein Schläfchen überfiel, ach, da schlief ich so sanft — sanfter als ich bey Hof nicht schlafen werde.

Wie glücklich lebt ich doch!
Da ich als Knabe spielte,
Um Zaun und Hecken kroch,
Und mich im Schatten kühlte;
Bey Arbeit, ohne Neid,
Bey minder schwerer Plage
Durchlebt' ich meine Zeit,
Und jene goldne Tage;
Hier wurd' ich einst bey meinen Kindern alt;
Leb' wohl, du stiller Fichtenwald!

G Christi-

Christine.
Vater, wenn es euch nur wohl geht!

Marie.
Warum das nicht? bey Hofe ist ein tägliches Wohlleben.

Triller.
Gutes Kind, du hast nur die gute Seite gesehen. Ich habe die paar Wochen über, da ich in Altenburg war, manches gesehen, und noch mehr von alten, erfahrnen Männern gehöret. Hofleben ein unruhiges, gefährliches Leben.

Marie.
Aber, bey einer so gnädigen Herrschaft.

Triller. (lebhaft.)
Je, das ist sie, das ist sie. Besser könnte man sie sich nicht wünschen.

Marie.
Und, Vater, alle die vornehmen Herren und Frauen haben so freundlich mit euch gethan. Unsre Leute haben mir niemals so viel schönes gesagt; Sie werden es doch so meynen, wie sies sagen.

Triller.
Nicht alle, meine Tochter, nicht immer. Es giebt auch Schmeichler, falsche Höflinge, die keinen redlichen Mann um sich leiden können. Kunz war auch ein Hofmann — Aber, wenn auch alles dieß nicht

nicht wäre, unsre WaldSitten sind nicht Sitten des Hofes.

Brix.

Je nu, wenn es euch nicht gefället, so zieht ihr wieder zu uns.

Christine.

Ja, Vater, auf meinem Rücken will ich euch hertragen.

Marie.

Wer wollte denn euer Feind seyn? Ihr meynt es ja mit jedermann gut.

Triller.

Ich werde auch niemanden was im Weg legen, ich werde mich in nichts vermengen. — Marie, das laße dir auch hübsch gesaget seyn. — Aber, Kinder, man sagt zuweilen ein Wort, das so böse nicht gemeinet ist. Da giebt es dann mißgünstige, tückische Leute, die alles gern verdrehen, unser einer darf mit den Großen nicht rechten, und so kömmt man wieder sein Verschulden in einen verwirrten Handel, es mag nun wahr seyn, oder nicht.

Christine.

Vater, ihr macht mir ganz Angst.

Triller.

Fürchte nichts, meine Tochter. Wenn sie mich nicht leiden wollen, so komme ich wieder zu euch. Wollen sie mir das Haus nehmen, so ziehn wir wieder in unsere alte Kohlenhütte. Kinder, betteln werden wir deswegen doch nicht gehen — Verzeihe mirs Gott! das wäre eine Ungerechtigkeit — so was darf man von seiner lieben Landesobrigkeit nicht denken.

Hans. (meldet die Ankunft des Hauptmanns.) Meister, der gnädige Herr ist schon unterwegens.

Triller.

Ich komme gleich. (zu den Kindern) Noch eines, ich will mir einen kleinen Spaß machen, ich will den Prinzen was von unserm Brode mitbringen. Es schmeckte ihm so gut.

Christine.

Der Hunger wird ihn damals wohl dazu genöthiget haben.

Triller.

Das thut nichts, meine Tochter. Es ist gut, wenn die Fürsten jung lernen, wie armen Leuten zu Muthe ist, die sich schlecht und elend behelfen müssen, damit sie auch einmal, wie Vater Friedrich wohlthätige Regenten, mitleidige Herren, und Menschenfreunde werden.

Gebt den Prinzen schwarzes Brod,
Daß sie auch was leiden;
Volle Tafeln, starker Wein
Möchten Ihnen schädlich seyn,
Und beym Uebermaaß der Freuden

Füh-

Fühlen Sie nicht unsre Noth:
Gebt dem Prinzen schwarzes Brod.

Brix.

Tienchen, wir geben doch dem Vater hernach das Geleite.

Triller. (kehrt sich um.)

Nein, ihr Kinder, keinen Schritt — wenn ihr mich lieb habt. Da hast du meinen Schürbaum, mit dem ich mir mein Brod oft sauer genug verdienet, mit dem ich auch meinen Fürsten beschützt habe. Du kömmst in beßre Umstände, als ich, aber schäme dich seiner nicht. Der Himmel wird das Haus Sachsen vor andern bösen Kunzen bewahren, daß du dich des Werkzeuges nicht als einer Wehre gebrauchen darfst.

Brix.

Das ist mir ein liebes Andenken. Ja, Vater, wenn ich ihn in die Hand nehmen werde, werde ich an euch gedenken.

(Triller und Hans gehen ab.)

Neunter Auftritt.

Brix, Christine, hernach Else, ein Köhler (mit Trag- und Handkörben.)

Marie.

Schwester, ich muß dir doch ein kleines Andenken von mir zurück lassen. Die kleine bunte Lade, die in meiner Kammer stehet, soll dein seyn. Du wirst in der Schublade ein Papierchen finden. Ich habe die Corallenschnur, die mir die Churfürstin schenkte, eingewickelt. Die soll auch dein seyn.

Christine.

Ich bedanke mich, Schwester. Behalte mich nur lieb — aber werde ja nicht stolz.

Marie.

Brix, dir will ich eine hübsche Bräutigams= krause in Altenburg kaufen, mit Spitzen. Itzund bin ich noch arm, ich denke aber reich zu werden. (Ursel, Else, und ein Köhler kommen heraus.)

Brix.

Mache nur, Marie, daß ihr bald wieder her= kommt.

Marie.

Ich verstehe dich schon; (zu Christinen scherz= haft) das ist um deinetwillen. Der arme Brix! wenn doch Jacobi schon da wäre!

Else.

Da, Marie, bringen wir eure Sachen. Das kleine Bündel mit den zwo Schürzen, das auf der La= de lag, nimmst du doch auch mit?

Marie.

Else, das ist für dich und für Urseln. Nehmt vorlieb. Wenn ich reicher bin, will ich euch mehr geben.

Else.

Else.

Du meynst es doch gar zu gut. Ach, die schö: nen Schürzen! wir bedanken uns. (Else und Ursel geben ihr die Hände) Aber sage mir doch, ich habe dich immer fragen wollen — zu was für einer Edelfrau kömmst du dann?

Marie.

Zu einer Edelfrau? — ja unserer lieben Chur: fürstin.

Christine.

Ja denke nur! Marie wird gar eine vornehme Jungfer.

Else.

Der Hammer! zur Churfürstin, die dich so be: schenkt hat. Das mag wohl eine rechte gute Frau seyn! —

Ursel.

Und schön soll sie seyn, wie ein Engel. Ich möchte sie einmal in ihrem Staate sehen. Nicht wahr? da glänzt alles von Geschmeide und Perlen?

Marie.

Das ist das wenigste. Sie ist die leutseligste Fürstin, eine rechte Landesmutter, die beste Mutter der Prinzen.

Schön ist der Purpur, der sie schmückt,
Von Golde glänzt ihr Kleid,
Doch, was uns mehr als Gold entzückt
Ist Huld und Gütigkeit.

Durch Wohlthun groß, gerecht und mild,
Hört Sie des Aermsten Flehn;
Einst wird man noch Ihr göttlich Bild
In unsern Prinzen sehn.
Ihr alle hier,
Wünscht, Freunde, wünscht mit mir,
Wünscht unsrer Fürstin langes Leben!

Christine.

Ja, Else, laß dir einmal meiner Schwester erzählen, wie freundlich Sie mit ihr gesprochen hat.

Else.

Du hast gar mit ihr geredet?

Marie.

Freylich, in ihrem Staatszimmer.

Else.

Ich habe ein gut Maulwerk, aber vor einer so großen Frau könnte ich euch kein Wort aufbringen. Was sprach Sie denn mit dir.

Marie.

Sie fragte mich nach allen, ich hätte Ihren Sohn so gut bewirthet. — Die Prinzen waren auch zugegen. — Ich erzählte ihr dann alle Kleinigkeiten, wie geschäftig ich gewesen wäre. Arme Leute könnten freylich nicht viel auftragen, wir hätten nichts gehabt, als schwarzes Brod, und ein bißchen Schafmilch. Vor lauter Freuden hätte ich noch dazu den Topf bald auf die Erden fallen lassen.

Da lächelte die Fürstin, und sagte zum Prinzen: mein Sohn, willst du das Mädchen nicht auch tractiren? Wie ein Vogel war Er zur Thüre hinaus, und brachte mir einen Teller mit Zuckerbrode. Iß, meine Tochter, sagte die Fürstin.

Ursel.
Und du ißt? ich hätte mich viel zu sehr geschämet. Wir essen doch nicht so manierlich, wie die vornehmen Leute.

Else.
Ich nehme auch gern beyde Backen recht voll.

Marie.
Ey, es schmeckte mir recht gut. Sie wollte mir lassen ein Stühlchen geben, aber ich setzte mich gleich in die Stube.

Else.
Da werden die Prinzen gelacht haben!

Marie.
Der eine lachte ein wenig, aber der andere ist ein ernsthaftes Herrchen. Eine Weile darauf brachte mir ein Edelknabe, ein kleiner weißer Junge ein Gläschen mit Weine. Ich nippte ein bischen davon, es schmeckte so süß. Trinke nur, sagte die Fürstin, wir geben dir nichts böses. Ich verneigte mich dann vor Ihr und den Prinzen, und vor dem Knaben auch. Das hatte sich nun freylich nicht geschickt. Die Prinzen lachten heimlich darüber. Das verdroß

mich nun wohl nicht, aber auf den kleinen Jungen verdroß es mich; der lachte mich auch aus, und ich meynt es doch so gut mit ihm.

Christine.

Wenn du wieder zu uns kommst, da wirst du uns erst recht viel erzählen können.

Else.

Brr, du mußt mich manchmal nach Altenburg schicken. Aber freylich, Marie wird viel zu stolz seyn.

Marie.

Komm du nur. Ich will dich überall herumführen. Du mußt dich aber ein bischen reinlich anziehen. Weißt du was? wenn die Erdbeeren reif seyn. Aber bringe was gutes für die Prinzen.

Zehnter Auftritt.

Die Vorigen. Der Hauptmann. Triller. Roland. Puffer. Bärbchen mit einer alten Köhlerin.

Der Hauptmann. (redend mit Trillern.)

Ist dieß der Kampfplatz — euer Siegsfeld?

Triller. (durchgehends lebhaft.)

Ja, gnädiger Herr! — Ich will Ihnen alles weisen — Sehen Sie hier — rechter Hand — hier

hier war es, wo Kunz im Gebüsch herum kroch, und Erdbeere suchte, da, wo Sie stehen — stand der Prinz — und hier allernächst bey dem Baume hielten zween Knechte mit ihren Gäulen.

Der Hauptmann
Ihr waret also ganz allein?

Triller.
Ganz allein — ich hatte niemanden bey mir, als Rumor, meinen Hund — der brachte mich eben auf die Spur. Es kam mir aber die Sache gleich verdächtig vor, da ich die fremden Reuter sah. — Sie waren alle in völliger Rüstung, gestiefelt und gepanzert. — Und weil es denn Rumor mit seinem Bellen so arg trieb, daß ich ihn kaum abwehren konnte, so fragte ich Kunzen, wie es der Wäldner Art ist, ein bischen trotzig, was sie da machten, wo sie mit dem zarten Knaben hin wollten? Es wäre ein böser Bube, antwortete mir der heillose Mann, der seinem Herrn entlaufen wäre. — Der Prinz sah mich an, als wollte er mir sagen, das bin ich nicht: aber er that gar nicht verzagt. Geben sie Achtung, gnädiger Herr, es wird einmal ein großer Held aus ihm, wenn er seine Sachsen ins Feld führen wird.

Der Hauptmann.
Das wird Er auch werden. Der Herr hat vor seine Jahre vielen Muth, viel Entschlossenheit.

Triller.

Triller.

Daß ich es Ihnen nur weiter erzähle — Zu großem Glücke muste sich Kunz eben hier in dem langen Gesträuche mit seinen langen Sporen verwickeln, und fiel hin. Wie das der Prinz sah, — denken Sie nur, wie klug! — so sagte er mir leise ins Ohr: ich bin ein Fürst von Sachsen, mache mich loß, mein Vater wird dir es wohl vergelten. Aber einer von den Knechten hörte es doch.

Der Hauptmann.

Der Bösewicht hieb nach dem Prinzen?

Triller.

Ja wohl, der Unmensch! hier, hier können Sie die Hiebe noch sehen. (weist auf den Baum.)

Der Hauptmann.

Es schaudert mich ganz, wenn ich daran denke.

Triller.

So, wie ich das sehe, hetzte ich meinen Rumor an. Der sprang ihm dann gleich nach der Kehle, und hielt ihn so fest, wie ein Rüde eine wilde Sau. Kunz wollte sich auch aufraffen, aber ich war gleich mit meinem Schürbaume (er nimmt solchen Brixen aus der Hand) über ihn her, da hätten Sie sehen sollen, wie ich ihn trillete. Meine Frau seelig kam auch, und machte Lärmen, unsere Pursche sprangen von allen Seiten herbey, und da fingen wir sie alle.

Der

Der Hauptmann.

Ihr seyd ein braver Mann. Ihr habt alles gethan, was ein Mann thun kann, der seinem Fürsten, und dem Lande treu ist.

Triller. (sehr lebhaft.)

Was wär ich auch ein Sachse! — Ich bin ein armer Köhler, wenn ich aber meinem Fürsten mit meinem bischen Blute, mit meinem Leben dienen könnte, den Augenblick! — (er führt ihn zu dem Baume.) Gnädiger Herr, hier unter diesem Baume ruhte der Prinz aus. Unsere Köhler putzen ihn zum Andenken allemal, wenn Sanct Kilians Tag einfällt. Sie vergessen doch den Tag nicht bey Hofe?

Der Hauptmann.

Nein, mein lieber Alter, das ist uns ein sehr merkwürdiger Tag im Jahre.

Triller. (äuserst lebhaft.)

Ja, das ist er. Gnädiger Herr. Ein grosses Fest aller treuen Sachsen. Das sollte nicht im Winkel unsers Waldes von armen Köhlern allein gefeyert werden. — Laut mus es gefeyert werden — mit allen Glocken, und sollten sie darüber zerspringen, wie die Glocke in der Kirche zu Geyer, da wir zum Sturme schlugen. — (nach einer kleinen Pause.) Wir singen auch ein Liedchen dazu, wenn es ihnen nicht zuwieder wäre —

Der Hauptmann.

Es soll mir recht lieb seyn. Gebt mir doch auch einen Zweig.

Else. (zu Puffern der ihr helfen will.)

Weg da, weg da! vergreif er sich nicht an unserm Baume. Ich werde schon was abschneiden. (sie giebt dem Hauptmann einen Zweig) Gnädiger Herr, der ist für Sie. (zu Ursel.) Ich dächte, wir brächen für den Prinzen auch ein Aestchen ab.

Ursel.

Ja, Else, ja, ich will das Band mit dem Strauße dran binden. (sie nimmt ein Band von ihrem Hute.)

Brix.

Das wird sich schicken! Ihr werdet euch so was nicht unterstehen —

Ursel.

Je nu, weil er doch so ein guter Herr ist —

Else.

Wenn wir was bessers hätten, würden wir auch was bessers geben.

Der Hauptmann. (der ihnen zugehöret hat.)

Gebt ihr mir nur was für unsern Prinzen mit. Ich will ihm alles erzählen. Es wird ihm eine Freude machen.

Else.

Brix, hörest dus — es wird dem Prinzen Freude machen.

Else.

eine Operette.

Elſe.
Urſel, gieb her, du kannſt keine rechte Schlei‐
fe binden.

Marie. (die dazu kömmt.)
Elſe, du haſt Erdbeere gepflückt. Such ein hüb‐
ſches Büſchgen aus, und binde es mit ein.

Elſe. (zum Roland.)
Merk er ſichs. Die Erdbeere ſind von mir,
von der Elſe.

Urſel.
Und von mir das Band, von der Urſel. Aber
nehme er es hübſch in Acht.

Roland.
Gut, gut, Urſel und Elſe — Elſe und Urſel.
Ich werde es ſchon merken. (die Mädchen geben
ihm einen kleinen Aſt.)

Triller. (der indeſſen mit Chriſtinen geſprochen,
und ſie von der Seite beobachtet.)
Verzeihen Sie gnädiger Herr, die Leute mey‐
nen es wohl gut, ich hab es ihnen immer eingeprä‐
get, was wir für eine gnädige Herrſchaft hätten.

Der Hauptmann. (bey Seite, gerührt.)
Wenn doch alle gute Fürſten die Herzen ihrer
Unterthanen ſo durch Liebe gewännen! (zu Tril‐
lern, indem er auf Bärbchen weiſet.) Das gute
Kind bringt gewiß auch ſein Kränzchen.

Triller.

Triller.

Ja, gnädiger Herr, es ist heute zum erstenmal hier. Komm Bärbchen. Merk es dir. Hier unter dem Baume hat ein Prinz geschlafen. Ein Sohn von unserm Landsvater, den die Räuber des Nachts aus den Betten gestohlen hatten. Gieb dein Kränzchen her, wir wollen es auch aufhängen.

Der Hauptmann.

Da, mein Töchterchen, schenke ich dir was zum Andenken.

Bärbchen. (zu Trillern.)

Vetter, ist das der Prinz?

Triller. (lächelnd.)

Nein, mein Kind, der Prinz wohnt in einer grossen, grossen Stadt. Aber der Herr ist bey dem Prinzen.

Bärbchen. (zum Hauptmann)

O, lasse er ihn doch herkommen. Ich habe noch keinen Prinzen gesehen.

Der Hauptmann.

Du sollst ihn schon sehen, komm nur mit mir. (Bärbchen läuft weg und versteckt sich hinter Christinen)

Christine.

Sey doch nicht so furchtsam. Das ist gar ein guter Herr!

Triller. (zu den Kindern.)

Nun, fangt an, ihr Kinder!

eine Operette.

Marie.

1.

Ihr guten Sachsen denkt einmal,
Was das für Jammer war,
Als Kunz die lieben Prinzen stahl,
Das theure Brüder-Paar;
Doch groß war unsre Freude, groß!
Wir machten unsre Prinzen loß,
Und (*) trillten Kunzen nieder;
  Da jauchzten wir,
  Da sang man hier;

Triller.
Marie.   } Wir haben unsre Prinzen wieder!
Christine.

Christine.

2.

Das Köhlervolk vom Wald und Feld
Stritt für den edlen Herrn,
Keck stand er da, der junge Held,
Schön, wie der Morgenstern,
Des Kunzens Knecht tobt' wie ein Bär,
Doch unsre Hand war ihm zu schwer,
Wir trillten ihn bald nieder;
  Da jauchzten wir,
  Da sang man hier:

(*) warfen

Triller.
Marie.   } Wir haben unsre Prinzen wieder!
Christine.

Der Hauptmann. (sehr gerührt.)
Das sing ich auch mit. Wir haben unsre Prinzen wieder. Der Himmel erhalte Sie uns lange. Wir alle — der Hof — das ganze Land setzt seine ganze Hoffnung auf die theuren Fürstenkinder. (zum Triller nach einer kleinen Pause.) Meister, die Sonne wird bald hinter den Bergen seyn — es thut mir leid —

Triller.
Gleich, gnädiger Herr — Hans bleibt noch etliche Stunden hier. Lassen Sie doch einen von ihren Leuten bey ihm. Wir haben Mondenlicht. Sie können die Nacht zu Hülfe nehmen.

Puffer. (zum Hauptmann, bittend.)
Gnädiger Herr —

Der Hauptmann.
So bleib nur da, daß du aber zu rechter Zeit bey uns bist! (nimmt Abschied von Christinen und Brixen, denen er die Hand reicht.) Bleibt hübsch gesund, auf eure Hochzeit komm ich wieder her.

Christine. (bewegt.)
Sorgen Sie doch ja für meinen Vater.

Else. und Ursel.
Für unsern lieben Meister.

Der Hauptmann. (beym Weggehen.)
Ja, ihr Leute, so wie für meinen eignen Vater. (geht mit Rolanden ab, der indessen auch Abschied von Brixen und Christinen genommen hat.)
Triller. (zu den Köhlern und Mädchen.)
Behüte euch Gott, ihr Leute. Arbeitet fein fleißig, und folgt Brixen, wie mir selbst. (sie geben ihm alle die Hände.)
Else. (traurig.)
Reiset nur recht glücklich.
Ursel. (weichherzig.)
Lieber Meister, kommt doch ja bald wieder!
Triller. (ganz bewegt zu den Kindern; Marie nimmt indessen Abschied von den Köhlern.)
Gott seegne euch, meine Kinder (umhalst Tienchen.) Lebe wohl, meine Tochter — mein Sohn, lebt wohl! — denkt fleißig an euren Vater.
Christine. und Brix. (wechselsweise.)
Vater — bester Vater, lebt wohl!
Marie. (verdrängt gleichsam ihren Vater, und umhalset ihre Schwester.)
Nu, lebe wohl, Schwester — (zu Brixen) leb wohl — (im Weggehen) lebt tausendmal wohl!
Christine. (sehr gerührt lehnt sich an Brixen.)
Nun sind sie fort. — (sie wischt sich die Augen.) Ach lieber Brix, wenn ich dich nicht hätte!

H 2 Brix

Brix.

Gieb dich zufrieden, mein Kind — du bist mir lieber als die ganze Welt — unserm Vater wirds auch wohlgehen. Wir sehen ihn bald wieder, und der Tag, wenn wir ihn sehen, ist ja der glücklichste Tag unsers Lebens. (Brix nimmt sie bey der Hand, sie gehen stillschweigend einige Schritte bey Seite, Else und Ursel setzen sich traurig unter dem Baum. Hans und Puffer stehen in Gedanken. Nach einer kleinen Pause.)

Puffer. (zu Hansen.)

Kamerad, wir müssen das Bräutchen ein wenig aufmuntern. (zur Else.) Mädel, ich dachte nicht, daß du auch ein paar Thränchen mit weinen könntest.

Else. (unwillig.)

Ey, lasse er mich gehen. Ich habe es ihm so noch nicht vergeben, daß er Brixen den Morgen so übel mitgespielt hat. Das war nicht hübsch von ihm.

Puffer.

Nu Mädel, wärm es nicht wieder auf. Das ist schon wieder vergessen. Wäre es nun aber nicht hübsch, wenn er Soldat geworden wäre, so hätten wir ja ein schönes Bräutchen bey der Compagnie. (zu Brixen.) Gelt! Landsmann, es hat heute vorgespuckt. Die Breter, die er den Morgen bohrte, sind die Breter zu seinem Hochzeitbette. Das Holz zur Wiege wird auch schon wachsen.

Chriſtine.
Je, ſchweige er doch nur!
Brix.
Es wird auch dazu Rath werden. Alles zu ſeiner Zeit. Nicht wahr? Tienchen.

Der kleine Vogel baut ſein Haus,
Die Zelle webt das Bienchen,
Nach Sieen fliegt das Hänchen aus,
Und ich nach meinem Tienchen.

Komm, liebes Bräutchen, hilf nun fein
Mit mir zu Neſte tragen;
Zur Hochzeit laden wir euch ein;
Dieß wollt' ich euch noch ſagen.

Elſe. (ſucht in ihrem Korbe nach.)
Der Hammer! wir haben was vergeſſen. Der Meiſter wollte das Brod mitnehmen.

Hans.
Gieb du mirs nur.

Chriſtine.
Nein, der Vater möchte es vermiſſen. Urſel, du kannſt gut laufen, lauf geſchwinde, und trag es ihm nach. Grüſſe den Vater und die Schweſter von unſertwegen. (Urſel läuft fort.)

Elſe. (ruft nach.)
Von mir auch! (Man hört auf einer Zither ſpielen.) horcht! — ich höre Muſik.

Eilfter Auftritt.

Die Vorigen. Vier Bergsänger. (mit einer Zitter, Triangel, Violine und Baßgeige.)
Ein Bergsänger.

Glück auf!

Brix.

Glück auf! was bringt ihr gutes?

Ein Bergsänger.

Der Meister hat uns herbestellt.

Christine.

Mein Vater?

Hans.

Ja, Christine. Der Vater hat sie herbestellt. Er rief mich den Mittag bey Seite. Hans, sagte er, meine Kinder werden einen traurigen Abend haben, ich muß ihnen eine kleine Ergötzlichkeit machen, schicke deine Jungen nach (*) Geyer, und laß Musikanten herkommen. Er hat sie auch schon bezahlt.

Brix.

Haben wir nicht einen guten Vater!

Christine.

Ja, Brix, wenn er sein Herz theilen könnte, er theilte es mit uns.

Puf=

(*) Eine kleine Bergstadt im Erzgebirge.

Puffer.

Ihr Herrn Musikanten spielt uns was auf. (ein Bergsänger spielt ein trauriges Stückchen auf der Zitter.) O, was lustigers! Bergmann fahr ein! Nu, laß uns was hören.

Ein Bergsänger.

Ich will ihm ein neues Liedchen vorsingen das ich von Freyberg mit bringe.

Wir fördern die Erze zu Tage,
 Und machen die Könige reich.
Doch wenn uns an frölichen Tänzen
Die Mädchen mit Blumen bekränzen,
 So sind wir den Königen gleich,
 So sind wir, wie Könige reich.
 Die Bergknappschaft singt,
 Der Triangel klingt,
Und was nur ein Bein hat, das hüpfet und springt,
Und tanzt und vertanzet die Plage.

V. A.

Puffer.

Komm Else, du must auch eines mit mir tanzen. Ihr Herrn Musikanten spielt uns den Rombuf.

Else.

Ey, ich tanze nicht. Es liegt mir in allen Gliedern.

Puffer.

Du wirst dirs schon wieder ausspringen.

Hans.

Hans.

Einen Reihen kannst du ihm nicht abschlagen (Puffer und Else tanzen den Altenburgischen Tanz, Rombuf.)

Zwölfter Auftritt.

Die Vorigen. Ursel. (kömmt wieder, ganz außer Athem.)

Brix.

Wo hast du sie angetroffen?

Christine.

Was sagte der Vater? war er noch traurig?

Ursel. (erholet sich.)

Ich habe sie noch eingeholet — gleich draußen vor dem Walde, bey der kleinen Capelle — Er hatte sein Gesicht nach unserm Walde zugekehret, und sprach ganz freundlich mit dem Hauptmanne. Gnädger Herr, sagte er: ist das nicht eine schöne Gegend? ist das nicht ein prächtiger Abend? ist unser Wald nicht wie ein feuriger Busch, wenn die Sonne den Wäldenern gute Nacht giebt? Sehn sie, sagte er, und wieß mit seinem Stabe hin, sehen sie dort Rauch zwischen den Tannen aufsteigen, da, da, da! — da wohnen lauter glückliche Köhler. Drauf fragte er mich, was die Kinder machten. Aber

Aber ich konnte ihm — (sie unterbricht zuweilen ihre Erzählung mit Schluchzen) ich konnte ihm vor Schluchzen nicht antworten. Ursel, weine nicht, sagte er zu mir, und griff in die Ficken. Da hast du meine letzten Groschen, ich brauche kein Geld nicht mehr. Geh, und grüße meine Kinder. Damit giengen sie fort —. Aber er kehrte sich noch einmal um, und rief mir nach. Ursel, Ursel! Ich lief zu ihm — er sah mich an — er wollte mir noch was sagen — aber auf einmal wandte er sein Gesicht weg, und winkte mir mit der Hand, ich sollte gehen — Ich habe den ganzen Weg herauf wie ein Kind geheult. (sie weint.)

   Christine. (wischt die Augen.)
 Der arme Vater!
   Ursel. (zur Else.)
 Sieh einmal die schönen (*) Groschen! Ich will sie in meine Lade legen. Da hast du auch einen.
   Brix.
 Ihr Leute, es ist schon spät. Singt unsern lieben Prinzen zu Ehren noch ein Runda, alsdann wollen wir gehn, und ein Abendbrod mit einander essen. Der Vater hat uns eine kleine Mahlzeit zurichten lassen.

H 5

(*) Liebhabern der Sächs. Alterthümer würden vielleicht die schönen Judenköpfe, als eine damals übliche Münze nicht misfallen haben.

Puffer.

Das Leben wird mir bald gefallen. Bald möchte ich meinen Soldatenrock ausziehen und ein Köhler werden. Else, alsdann wirst du mich doch nehmen?

Else.

Ja, wenn er mit dem Rocke auch den Schalk ausziehen will.

Hans. (zu einem Köhler.)

Vergeßt Rumoren nicht, daß er sein Fressen gut und ordentlich bekömmt.

Christine.

Es ist doch kein größres Glück auf der Welt, als einen so rechtschaffnen Vater zu haben.

Brix.

Ja — und so ein liebes Bräutchen.

Rundgesang.

Ein Bergsänger.

1.

So, wie zur frühen Morgenstunde
 Die Sonne das Gewölke bricht,
Wenn sie mit reinem Gold im Munde
 Uns einen heitern Tag verspricht;
So geht zum Heile der Provinzen
 Schon ist, nach kurzer Jahre Lauf,

Die Hofnung in den besten Prinzen
Nach unser aller Wünschen auf.

Chor der Bergsänger.

Glück auf!
Auf ein fröliches Glück auf!
Ruft mit uns ihr treuen Sachsen:
Unsre Prinzen sollen blühn,
Wie die hohen Tannen wachsen!
Auf ein fröliches Glück auf!
Glück auf!

2.

Das Glücke wohnt in unsern (*) Zechen,
Ihr Ruthengänger schlagt frisch ein!
Wo Flöze sind, und Erze brechen,
Daß unsre Gruben wohlgedeyn.
Das PrinzenPaar, dieß Paar der Götter,
Gönnt uns den schönsten Silberblick.
Kein Kobold, keine bösen Wetter,
Nichts stört des frommen Bergmanns Glück.

Das Chor ꝛc.

3.

Für unsre Prinzen wacht der Himmel,
Ihr Schmeichler, nehmt euch nur in acht;
Wir kommen sonst mit Faust und (**) Fimmel,

Und

(*) Bergwerken.
(**) Ein eiserner Keil.

Und werfen euch in tiefsten Schacht.
Ihr Herrn, und Bergbaulustge Frauen,
Kauft Kuxe, so gewinnt ihr Gold;
Besucht uns fein in unsern (*) Kauen,
Und seyd dem frommen Bergmann hold.

Das Chor ꝛc.

Puffer.

4.

Wir Sachsen sind noch stets die Alten,
Brav, und den hübschen Mädchen gut;
Den Ruhm der Helden zu behalten,
Wallt noch in uns das deutsche Blut.
Treu unserm Herrn, nur ihm ergeben,
Gehn wir in Tod, als wär es Scherz;
Dem Fürsten opfern wir das Leben,
Dem Mädchen schenken wir das Herz.

Das Chor ꝛc.

Christine.

5.

Verzeiht ihr Götter dieser Erden,
Wenn uns der Hof nicht reizen kann;
Ich soll durch Brixen glücklich werden,
Denn Brix ist gar ein guter Mann.

Hier

(*) Ein BergmannsGebäude.

Hier kann ich weit vergnügter scherzen,
Und blüht der Sachsen Heldenstamm;
So freun wir uns von ganzem Herzen,
Ich, und mein lieber Bräutigam.

Das Chor.
Glück auf!
Auf ein fröliches Glück auf! ꝛc.

(Nach geendigtem Rundgesang gehn sie alle Paarweis ab, die Bergsänger voran.)

Bärbchen. (kömmt zurück.)
Ihr guten Leutchen! — vergeßt den redlichen Triller, und das kleine Bärbchen nicht!

Ende des Stücks.